經典新版

語絲漫談

周作人——著

總序

文學星座中，璀璨不亞於魯迅的周作人

朱墨菲

每個時代都會有特別具有代表性、令人們特別懷想的人物，在新文學領域，周作人無疑就是其中一個。身為大文豪魯迅之弟，兩兄弟在文壇可說是各領風騷，各自綻放著不同的光芒。

作為五四新文化運動的一員，周作人在中國文學上的影響力絕對具有舉足輕重的地位，時值新舊文化交替之際，面對西方思潮的來襲，多數讀書人或抱殘守缺，或媚外崇洋，在劇烈的文化衝擊中，許多受過西方教育的學子如胡適、錢玄同、蔡元培、林語堂等，紛紛投入這股新文化浪潮中。

周作人脫穎而出，被譽為是「五四」以降最負盛名的散文及文學翻譯家，他以「對性靈的表達乃為言志」的理念，創造了獨樹一格的寫作風格，充滿靈性，看似平凡卻處處透著玄妙的人生韻味，清新的文風立即風靡一時，更迅速形成一大流派「言志派」，在中國文學史上留下了不可抹滅的一筆。郁達夫曾說：「中國現代散文的成績，以魯迅、周作人兩人的為最豐富最偉大，我平時的偏嗜，亦以此二人的散文為最所溺愛。一經開選，如竊賊入了阿拉伯的寶庫，東張西望，簡直迷了我取去的判斷。」陳之藩是散文大師，他特地強調胡適晚年不止一次跟他說：「到現在值得一看的，只有周作人的東西了。」可見周作人散文之優美意境。

處在動盪年代的周作人，亦可說是時代的見證人，年少時赴日求學，精通日語，讓他對日本文化有深刻的觀察，而後又親身經歷了中國近代史上諸多重要歷史事件，如鑑湖女俠秋瑾、徐錫麟等的革命活動、辛亥革命、張勳復辟等，他一生的形跡記錄即是重要史料，從他的《知堂回想錄》書中即可探知一二。而他晚年撰寫的《魯迅的故家》、《魯迅的青年時代》等回憶文章，更為研究魯迅的讀者提供了許多寶貴的第一手資料。

對世人來說，周作人也許不是個討喜的人，因為他從來都不是隨俗附和的人，他只說自己想說的話，一生奉行的就是孔子所強調的「知之為知之，不知為不知，是知也」的理念，這使他的文章中充滿了濃濃的自由主義，並形成他日後以「人的文學」為概念，跳脫傳統窠臼，更自號「知堂」之故。在《知堂回想錄》的後序中，周作人自陳：「我是一個庸人，就是極普通的中國人，並不是什麼文人學士，只因偶然的關係，活得長了，見聞也就多了些，譬如一個旅人，走了許多路程，經歷可以談談，有人說『講你的故事罷』，也就講些，也都是平凡的事情和道理。」

也許，在諸多文豪的光環下，在世人傳說的紛擾下，他的文學地位一度有明珠蒙塵之虞，本社因而在他去世五十年之際，特將他的文集重新整理出版，包括他最知名的回憶錄《知堂回想錄》以及散文集《自己的園地》、《雨天的書》、《談龍集》、《談虎集》、《看雲集》、《苦茶隨筆》等，使讀者從他的著作中可以更加了解一代文學巨匠的內心世界，品味他的文字之美。

語絲漫談

目錄——

第一卷　憶往集

第二卷 童趣集

語絲漫談

目錄

第三卷 龍獸集

第四卷 悠然集

語絲漫談

目錄

第一卷　憶往集

小引

前幾年給上海廣州的晚報寫了些小文章，共總得數十篇，承出版社好意為選擇一部分出版，這是很可感謝的，書名最初擬名「鱗爪集」，但太是普通了，怕和別人重複，改用「草葉集」呢，又與惠特曼的詩集相混，所以最後決定「木片集」這個名稱，因為古人所謂竹頭木屑，也可以有相當的用處，但恐怕是簡牘上削下來的，那麼這便沒有什麼用，只好當作生火的柴火罷了。

所寫的文章大抵是就我所知道的，或是記得的，記述一點下來，至於所不很熟悉的則不敢去觸動它，仍舊是守以不知為不知的教訓。關於動物有些不是直接的知道，也是根據書本，如講鱷魚的大半係依據英國柏耳（M. Burr）的《鱷魚與鼉魚》（Crocodiles and Alligators），講貓頭鷹的是斯密士（R. B. Smith）的《鳥生活與鳥志》（Bird Life and Bird Lore），在《苦茶隨筆》中有一篇《貓頭鷹》，也說到我自己養貓頭鷹的經驗。

一九六二年七月三十日，周啟明記於北京。

復辟避難的回憶

世人常說，老年人喜歡回憶舊事，既然大家多是這麼說，當然有一定的真實性。可是在我個人說來，卻未必真是如此。我回顧過去的六十多年，正是中國多災多難的時節，單舉出犖犖大者來說，前清甲申（一八八四）的中法之戰，甲午（一八九四）的中日之戰，接著是庚子（一九〇〇）的義和團事件，吃了帝國主義者很大的虧。

國內的事有辛亥（一九一一）革命後的不安和洪憲帝制事件，北洋政府的爭權，釀成張勳復辟以及一連串的皖直奉直之戰，都是在北京一帶發動的。這些事件都已過去了，現在三十歲以下的青年一樣都沒有碰到，這是很幸運的，我們只有羡慕他們，對於自己不愉快的經驗毫無可以留戀的地方。不過從別方面來說，知道一點也並不是全無用處的，特別是對於沒有經驗過這些事情的青年們。我於一九一七年來到北京，那洪憲的一幕已經過去，就我所知道的事情來說，只好從張勳的復辟說起了。

我於一九一七年即民國六年的四月來到北京，正是黎元洪當大總統，段祺瑞當國務總理，摩擦得很厲害的時候，各省的督軍都同段是一氣的，出來說話給他撐腰，由江蘇的張勳和安徽的倪嗣沖為頭，開了督軍團會議，而且這班軍閥逐漸由徐州來到天津，末了張勳終於帶了他的辮子兵入駐北京了。

本來我們坐火車路過徐州，看見車站上拖了辮子扛著槍的兵便覺得恐怖，現在卻開到北京來了，就駐紮在天壇裡。我那時是在北京大學附設的國史編纂處任事，有一天特地跑去找校長蔡孑民，問他對於時局的看法，他也不說好壞，只簡單明瞭的回答，只要不復辟，他總是不走的。這話的預兆雖然不大好，但多少總給了我們一點安心。這記得是六月二十六日的事情。

七月一日是星期日，因為是夏天，魯迅起來得相當的早，預備往琉璃廠去。給我們做事的會館長班的兒子進來說道，外邊都掛了龍旗了。這本來並不是意外的事，但聽到了的時候，大家感到滿身的不愉快。

當時日記上沒有記得詳細，但是有一節云：「晚飲酒大醉，吃醉魚乾，銘伯先生所送也。」這裡可以看見煩悶的情形。魯迅的有些教育界的朋友最初打算走避，有的想南下，有的想往天津，但是三四天裡軍閥中間發生分裂，段祺瑞在馬廠誓師，看來復辟消滅只是時間問題，我們既然沒有資力遷移，所以只好在北京坐等了。

段派李長泰的一師兵逐漸逼近北京，辮子兵並不接戰，只向城裡退，結果是集中在外城天壇和內城南河沿張勳的住宅附近一帶。從六日起，城內的人開始往來逃難，怕的不是巷戰的波及，實在還是怕辮子兵的搶劫罷了。我們也於七日由會館搬往東城，日記上記的很簡單，略抄錄數項如下：

「七日晴，上午有飛機擲彈於宮城。十二時同大哥移居崇文門內船板胡同新華飯店。」

「九日陰，夜店中人警備，云聞槍聲。」

「十二日晴，晨四時半聞槍炮聲，下午二時頃止，聞天壇諸處皆下，復辟之事凡十一日而了矣。晚同大哥至義興局吃飯，以店中居奇也。」

案義興局係齊壽山君家所開的店鋪，在東裱褙胡同。

魯迅日記第六冊同日所記可供比較參考：

「十二日晴，晨四時半聞戰聲甚烈，午後二時許止，事平，但多謠言耳。覓食甚難，晚同王華祝，張仲蘇及二弟往義興局，覓齊壽山，得一餐。」至十四日，遂由新華飯店復搬回會館來了。

那一天裡槍炮聲很是猛烈，足足放了十小時，但很奇怪的是，死傷卻是意外的稀少，謠言傳聞說都是朝天放的，死的若干人可能都是由於流彈。

東安門三座門在未拆除之前，還留下一點戰跡，在它的西面有些彈痕，乃是從南河沿的張公館向著東南打過來的。燒殘的張公館首先毀去，東安門近年也已拆去，於是這復辟一役的遺跡就什麼都已看不到了。

語絲的回憶

說起《語絲》，於今已經隔了三十多年的光陰，在中年的人聽來，已有生疏之感，更不要說少年的朋友了。但是提及魯迅與「正人君子」的鬥爭，卻以這為根據地，所以一說它的歷史，也不是沒有意義的事吧。

「五四」原是學生的愛國政治運動，由大學生開始，漸及中小學，末了影響及於工商界，要罷市罷工表示援助，這才算順利成功，沒有什麼犧牲。這件事表面上是結束了，影響卻是很廣大，浸滲得很深，接著興起了所謂新文化運動，這名稱不算怎麼不恰當，因為它在文化上表現出來，也得到不小的結果。這以前有《新青年》和《每週評論》，差不多是孤軍奮鬥，到了五四以後才成為

「接力戰」的狀態，氣勢便雄厚起來了。《語絲》乃是其中的一支隊伍，可是要說它成立的緣因，卻非得從《晨報副刊》講起不可。

魯迅逝世二十周年紀念的前後，有好些講《語絲》的文章發表，就我所見到的來說，寫得最好的要算章川島，孫伏園，他們都是參與這刊物發刊的事的。《晨報》本來是研究系的政黨機關報，但是五四時期也相當援助這個運動；孫伏園因羅家倫關係進了《國民公報》，後轉入晨報社，主管第五版，登載些隨感雜文，魯迅也時常投稿，很有點新氣象。

孫伏園後來主編新增的副刊，益得發揮他的編輯手段，聲價日增，魯迅有名的《阿Q正傳》，就是在那上邊上發表的。可是後來孫伏園被排斥去職，由陳源的友人徐志摩繼任，於是《晨報副刊》全然改換了一副面目，差不多成為《現代評論》的日刊了。

孫伏園失了職業，於他固然很是困難，但不久由邵飄萍請去，擔任《京報副刊》的編輯。可是以前在《晨報副刊》寫文章的人終有點不平，計畫自己來辦一個小刊物，可以自由發表意見。查日記一九二四年十月二十四日項下云：

「下午至東安市場開成北號樓上，同玄同，伏園，川島，紹原，頡剛諸人，議出小週刊事，定名曰『語絲』，大約十七日出版，晚八時散。」

十一月十六日項下云：「下午至市場赴語絲社茶會，至晚飯後始散。」

那一天是星期，可見後來《語絲》是改在星期出版了。

同人中本來還有劉半農，林語堂，俞平伯等人，那一天不知何以不見。

記得刊物的名字的來源，是從一本什麼人的詩集中得來，這並不是原就有那一句話，乃隨便用手指一個字，分兩次指出，恰巧似懂非懂的還可以用。這一個故事，大概那天與會的人都還能記得。至於第一期上的發刊詞，係大家叫我代擬，因為本來說不出一個什麼一定的宗旨，所以只好說得那麼籠統，但大體上也還是適合的。到後來和《現代評論》打架的時候，《語絲》舉出兩句口號來：「用自己的錢，說自己的話」，也還是同樣的意思，不過針對《現代評論》的接受官方津貼，話裡有刺罷了。

《語絲》的文章古今並談，莊諧雜出，大旨總是反封建的，但是等到陳源等以「正人君子」的資格出現，在《現代評論》上大說其「閒話」，引起魯迅的反擊，《語絲》上這才真正生了氣，所以回憶《語絲》這與「女師大事件」是有點分不開的，雖然後來在國民黨所謂清黨時期也很用了一點氣力。

陳源的文章說俏皮話的確有點工夫，就只可惜使用在斜路上，為了替代表封建勢力的女校長說話，由俏皮而進於刻薄卑劣，實在夠得上「叭兒狗」的稱呼，但是如果不是魯迅的這枝剛強有力的筆，實在也不容易打倒他。

我自己就曾經吃過一個小虧。有一次陳源對有些人說，現今女學生都可以叫局。這句話由在場的張定璜傳給了我們，在《語絲》上揭露了出來，陳源急了，在《現代評論》上逼我聲明這話來源，本來是要據實聲明，可是張定璜竭力央求，不得不中止了，答覆說出自傳聞，等於認錯，給陳源逃過關了。

張定璜與「正人君子」本來有交情，有一個時期我也由他的仲介與「東吉祥」諸君打過交道，他又兩面拉攏，魯迅曾有一時和他合編過《國民新報》的副刊，也不免受了利用。上邊所說的聲明事件，川島前後與聞，在張定璜不肯負責證明陳源的話的時候，川島很是憤慨，那時語絲社在什剎海會賢堂聚會，他就要當場揭穿，經我勸止，為了顧全同事的面子，結果還是自己吃了虧。

女師大事件也是一個大事情，多少有些記憶，但是參與的人現在健在，比我更知道得多，也更可信，所以我還是以藏拙為佳了。

蔡子民

蔡孑民的名字，在現今我們雖然熟習，但在那時候（約六十年前，正當光緒戊戌），老百姓中間，只知道有「蔡元培」的。他在那時不但是個奇人，簡直還算得上是個怪物。他是翰林，卻又是一個革命黨。假如說是「康黨」，就是「保皇黨」，雖然在正統派看來也是亂黨，到底也還講得過去，但是他是排滿的革命黨，這道理便太費解了。

一個人點到翰林，已是官了，正可竭力的爬上去，為什麼還要這樣亂搞，其居心真不可測了。所以關於他的目的，便有種種推測，一種傳佈得最廣的說法，是說他主張「公妻」，這是我聽到的最多的傳說。

但是這謠言是幾時消滅的呢？我也不曾留意，事實是就這樣消滅了，因為原來只是謠言，而且事實勝於雄辯，蔡孑民這人別的不說，道學氣比較重，他於男女關係是向來不苟的。他在前清所著的書，流傳下來的，乃是一冊《中國倫理學史》。他受古人的影響第一個是俞理初，這是主張男女平權的，他說寡婦可以再嫁，反對守節，那麼那種謠言之來也不是全無根源的了。

蔡孑民於革命之後，擔任教育總長，他一上臺就廢止讀經，停止祭孔，這是了不得的一件大事，自此以後，儒教的勢力一蹶不振，雖然有好幾次反動，也總翻不過來了。他的大主張是「美育代宗教」，但這沒有多大成功，因為宗教總是宗教，歸根結蒂脫不了迷信，不是美術或是什麼別的東西所替代得來的。

蔡孑民的主要成就，是在他的大學教育。他實際擔任校長，沒有幾年，做校長的時期也不曾有什麼行動，但他的影響卻是很大的。他的主張是「古今中外」一句話，這卻是很有效力，也是最得時宜的。因為那時候是民國五年（一九一六），袁世凱剛死，洪憲帝制雖已取消，北洋政府裡還充滿著烏煙瘴氣。

那時是黎元洪當總統，段祺瑞做內閣總理，雖有好的教育方針，也無法設施。北京大學裡其時國文科只有經史子集，外國文只有英文，教員只有舊的幾個人，這就是「古」和「中」而已，加「今」和「外」這兩部分，便成功了。

他於舊人舊科目之外，加添新的人和新的科目，於是經史子集之外，有了戲曲和小說，章太炎的弟子黃季剛，洪憲的劉申叔，復辟的辜鴻銘之外，加添了陳獨秀，胡適之，劉半農一班人，英文之外也加添法文，德文和俄文了。

古今中外，都是要的，不管好歹讓他自由競爭，這似乎也不很妥當，但是在那個環境，非如此說法，「今」與「外」這兩種便無法存身，當作策略來說，也是必要的。但在蔡孑民本人，這到底是一種策略呢，還是由衷之言，也還是不知道，不過在事實上是奏了效，所以就事論事，這古今中外的主張在當時說是合時宜的了。

但是，他的成功也不是一帆風順的。學校裡邊先表示不滿，新的一邊還沒有表示討嫌舊的意思，舊的方面卻首先表示出來了。最初是造謠言，因為北大最初開講元曲，便說在教室裡唱起戲文來了，又因提倡白話的緣故，說用《金瓶梅》當教科書，這當然完全是謠言。

其次是舊教員在教室中謾罵，別的人還隱藏一點，黃季剛最大膽，往往昌言不諱。他罵一般新的教員附和蔡孑民，說他們「曲學阿世」，所以後來滑稽的人便綽號蔡孑民叫「世」，如去校長室一趟，自稱去「阿世」去。知道這名稱而且常常使用的，有馬幼漁劉半農諸人，魯迅也是其中之一，往往見諸書簡中，成為一個典故。

報紙上也有反響，上海研究系的《時事新報》開始攻擊，北京安福系的《公言報》更是猛攻，後來由林琴南來出頭，寫公開信給蔡孑民，說學校裡提倡非孝，要求斥逐陳胡等人。蔡答信說，《新青年》並未非孝，即使主張也是私人的意見，只要在大學裡不來宣傳，無法干涉。兩面相持不下，林氏老羞成怒，大有借當時實力派徐樹錚的勢力來加干涉之勢。在這時期「五四」風潮勃發，政府忙於應付大事，學校的新舊的衝突總算幸而免了。

蔡孑民後來又做過大學院院長，沒有做出什麼事來，他的成績要算在北京大學為最大了。但是，我重複的說，他的古今中外的主張，只有在那時適用，也最著成效，但即此一節，也就夠了。他是國民黨中的一個異己分子，在抗戰期間也沒有到重慶去，是一九四〇年在香港九龍去世的。他是我們的前輩，但並不擺架子，也很有風趣，曾作打油見和，末云：「樂事追懷非苦語，容吾一樣吃甜茶。」其時已年七十，可見興致還是很好的。

錢玄同

我近來常想能夠有工夫寫幾節「畸人所知錄」下來，因為我知道有不少的人，在社會上很有點聲名，當作是個奇人，但是據我所知的事實，卻實在是平平常常的，覺得有說明的必要。第一個我便舉出錢玄同來。

錢夏字玄同，後來又名疑古玄同。我們認識他最初在光緒戊申（一九〇八）年，從太炎先生民報社聽講《說文》，那時他還用舊號曰「德潛」，及民國六年在北京相見，已改字曰玄同了。

他的初期的特色是復古。文字他主張用小篆，事實上不可能，則改為用楷書的筆勢寫篆書，給太炎先生寫刻《小學答問》，後來還有《三體石經考》，也是用的這筆法。寫信也是「某人足下，近候何若，……」末了說「某頓首」。至於文章之擬古，那更不用說了。辮子去掉了固然很好，但也不固執的要梳頭，只是這袍子馬褂的胡服總是不好，要復古一下來穿「深衣」。這根據古書來復製，乃是白布斜領，著起來很有點像「孝袍」，看去有點觸目。他卻不顧一切，做了一件，穿了到教育司辦公，不過這個我並沒親見，只是傳聞如此罷了。

第一期的「復古」做得很徹底。第二期便來個「反復古」運動，同樣的徹底，不過傳播得更廣遠了。

自從「洪憲帝制」以後，一般有心的人都覺得中國這樣情形是很危險的，非有一個大的變更不可，接著是歐戰結束，便引起了中國的那新文化運動來了。《新青年》便當了這運動的代言人，標榜民主和科學，對於國內事物凡是舊的都在反對之列，舉凡人家所稱為國粹的，國學，國文，國醫，國術，國劇，都被看作「國滓」，一律予以痛擊。

他的兩句口號——「選學妖孽，桐城謬種」，一直為舊家者所痛心疾首，尤其是對於舊道德「綱常」之攻擊，更被人視為「洪水猛獸」，欲得而甘心。

最有名的林琴南的兩篇小說，在《荊生》裡假借了荊生這一個舊禮教的保護人，對這班人加以懲創，小說裡的「金心異」這人，便是玄同，所以魯迅後來的文章中，就以金心異作為玄同的外號。

現在看起來，他對於中國文化遺產的某些方面缺乏理解，這是缺點，但在他那時也是無怪的，當時如稍一讓步，便是對於舊派承認妥協，再也不能堅持攻擊了。正如徵求「青年必讀書」的時候，魯迅堅決地主張現代青年不必讀舊書，一部也沒有開，所以玄同也贊成將舊書扔進毛廁去。

這極端的反復古主義，玄同堅持到底，雖然他在學術上仍舊弄他的文字學。至於經學，則仍然遵從老師崔觶甫的教訓，相信今文說，別號「餅齋」，表示乃是「賣餅家」何邵公之徒。關於這一方面的學術問題，著有《重論經今古文學問題》一篇，最有價值，作為標點本《新學偽經考》的序文，登在原書上面。「經今古文學」的論爭乃是反復古運動之一面，發現於經學方面的，在這問題上他堅持下去，一直沒有變更，雖然在別的藝術上多少有些讓步。他把自己的別號改作「疑古」，表示他的態度。照道理說來，康有為那種「新學偽經考」也是從疑古思想出發的，但是他更推得遠一點，不但是經，便是史的方面，也都處處顯得可疑罷了。

他的思想顯得「過激」，往往有人誤解，覺得脾氣一定乖僻，不好對付吧，其實是不然的，他對人十分和平，總是笑嘻嘻的。誠然他有他的特殊脾氣，假如要他去見「大人先生」，那麼他聽見名字，便要老實不客氣的罵起來，叫人下不來臺，若是平常作為友人往來，那是和平不過的。

他論古嚴格，若和他討論現代問題，卻又是最通人情世故的。他反對國文和藝術，可是他藏書極多，對於古詩文亦多瞭解，又善書法，晚年寫唐人寫經，時時給人家書題封面。說起他來，常把他當作怪人，其實是很平常的，知識廣博，趣味豐富，朋友不可多得的人。

劉半農

劉半農是「五四」以來聞名的名字，但是現在的青年恐怕知道的已經不很多了吧，原因是他在一九三四年就去世了，就是說在近二十幾年中間，不曾看見他在文學上的活動。他實在是《新青年》的人物，這不單是一句譬喻，也是實在的話。他本來在上海活動，看到了《新青年》的態度，首先響應，起來投稿，當時應援這運動的新力軍，沒有比他更出力的了。

他也有很豐富的才情，那時寫文言文，運用著當時難得的一點材料，他後來給我看，實在是很平凡很貧弱的材料，卻寫成很漂亮的散文，的確值得佩服。《新青年》的編輯者陳仲甫那時在北京大學當文科學長，就徵得校長蔡孑民的同意，於一九一七年的秋天招他來北大，在預科裡教國文。

這時期的北大很有朝氣，尤其在中文方面生氣勃勃（外文以前只有英文，添設德法文以及俄文，也是在這時候），國文教材從新編訂，有許多都是發掘出來的，加以標點分段，這工作似易而實難，分任這工作的有好幾個人，其中主要的便是半農。他一面仍在《新青年》上寫文章，這回是白話文，新進氣銳，攻擊一切封建事物最為尖銳，與錢玄同兩人算是替新思想說話的兩個健將。

其時反對的論調尚多，錢玄同乃托「王敬軒」之名，寫信見責，半農作覆，逐條駁斥，頗極苛刻，當時或病其輕薄，但矯枉不忌過正，自此反對的話亦逐漸少見了。

不過劉半農在北大，並不是一帆風順的。他在預科教國文和文法概論，但他沒有學歷，為胡適之輩所看不起，對他態度很不好，他很受刺激，於是在「五四」之後，要求到歐洲去留學。他在法國住過好幾年，專攻中國語音學，考得法國國家博士回來，給美國博士們看一看。

以後我們常常戲呼作劉博士，但是他卻沒有學者架子，仍是喜歡寫雜文，說笑話。等週刊《語絲》出世，他就加入，與「東吉祥」派的正人君子對抗，這一節也是可以稱讚的。他又寫文章特別露骨，有些是「紳士」不敢用的字面，所以他雖然有進入紳士隊裡去的資格，卻仍舊是「吳下阿蒙」，插不進足去。

他在北大當過多年的教授以後，終於移到輔仁大學裡去作教務長了，那大學是陳援庵當著校長，沈兼士當文學院長，都是北大的舊人，但主體乃是天主教，主權全在外國人（當時是德國，後來是美國人）手裡，其不得意也可想而知了。他於一九三四年夏中參加學術考察團，到內蒙去，回來生了回歸熱，因此去世。這是很可惜的，因為他現今若還活著，不過六十多歲呢。

愛羅先珂

讀魯迅的文章，會碰見愛羅先珂的名字，還有一篇小說《鴨的喜劇》是說他的事的，所以來說明幾句，或者是有用的事。愛羅先珂是蘇聯的烏克蘭人，本名耶羅先珂，因為先到日本，那裡「野郎」讀作耶羅，故而改用「愛」字，及來中國也就沿用了。

他最初去到印度緬甸，學了英文，後來到了日本學會日本語，來北京後曾經學過個把月的中國語，但是隨即中止了，嘆息道：「難得很！」中國話發音實在難，他那時蓋沒有久住中國的決心，所以鼓不起勇氣來學這樣難的語言。

他六歲的時候，因為出麻疹，祖母怕他有危險，抱他到陰冷的教堂裡去禱告，以致發高熱，人倒沒有死，可是兩隻眼睛卻從此瞎了。這個成了他終生的恨事。所以他痛恨宗教的迷信，並且渴慕光明，在他做的戲劇《桃色的雲》（魯迅曾有譯本）裡，那盲目的土撥鼠（也稱地老鼠），即是著者的自身。

他於英日文之外，尤擅長世界語，當他從日本被驅逐出來之後，來到上海，北京大學校長蔡孑民便請他來校，教授世界語，寄居在我們家裡有一年多。魯迅尤和他熟習，往往長談至夜半，嘗戲評之曰「愛羅君這搗亂派」。因為他熱愛自由解放，喜趕熱鬧，無論有何集會，都願意參加，並且愛聽青年們熱心的辯論，雖然他是聽不懂。但在那時北京卻聽不到，因此他感覺非常寂寞。

有一次北京大學開紀念會，學生演劇，他趕去旁聽，覺得學生態度有欠誠實處，問魯迅是什麼緣故，魯迅平常反對京劇，便說這是模仿舊戲的關係。他便寫了一篇很尖銳的批評，提出意見，學生們不能接受，由魏建功出面寫了《不敢盲從》一篇回答，於「盲」字特別加上引號，表示侮辱的意思。魯迅因此大怒，加以回擊，這篇文章後來收在全集補遺裡面。後來愛羅先珂因為得到同鄉的幫助，與蘇聯取得聯絡，便回國去了。

愛羅先珂在中國居住不到兩年，留下的影響不多，但也有一點兒。第一，是在魯迅著作上，上面已經說過。第二，是在世界語運動上邊，這也是值得一提的。他在北京大學是專教世界語，並用世界語講俄國文學。後來又在法政大學設了世界語班，由馮省三陳聲樹幾個學生主動，開辦世界語學會，並設學校，魯迅也到這裡去講過學。

馮省三是北大法文系學生，跟他學世界語最有進步，已經可以講話和作文了，可是因為「講義風潮」受了疑嫌，卻被學校除了名。他是很細緻而熱情的人，寫的世界語像刻板一樣的清楚，只是脾氣有點粗豪的地方。

詩人黃公度

清末的詩人中間，有一個人為我所最佩服，這就是黃公度。公度名遵憲，是廣東嘉應州人，曾參與戊戌政變，但是他政治上的主張不及文學上的更為出色。不過講到詩的問題上，我是個外行，我所以佩服他的，還因為他的學問與見識，古人所謂「買櫝還珠」，我其實是難免這句話的諷刺的。

黃公度的著作有《日本國志》《人境廬詩草》和《日本雜事詩》這三種，都已有刻本。《日本國志》和《日本雜事詩》看似平常，這裡卻有黃公度的特色。第一是因為他對中國文化有研究，看日本繼承中國文化的地方特別清楚，也很有興趣。第二又因為他懂得新學，知道凡事應當革新，所以他對於改革能夠瞭解。這兩種特色若不能具備，一個人的意見便不免於偏。

《雜事詩》定本序有云：「余所交多舊學家，微言諷刺，諮嗟太息，充溢於吾耳，雖自守居國不非大夫之義，而新舊同異之見時露於詩中。及閱歷日深，聞見日拓，頗悉窮變通久之理，乃信其改從西法，革故取新，卓然能自樹立，故所作《日本國志》序論往往與詩意相乖背。」

因為定本刊於光緒戊戌（一八九八），已在初版十九年之後，他的對於變法的見解已經大有改進了。如原本卷上七十二論詩云：

幾人漢魏溯根源，唐宋以還格尚存，
難怪雞林賈爭市，白香山外數隨園。

定本卻改作：

豈獨斯文有盛衰，旁行字正力橫馳，
不知近日雞林賈，誰費黃金更購詩。

日本人學做漢詩，可以來同中國人唱和，這是中國文人所覺得高興的一件事，這裡黃君卻簡單的加以取消，無絲毫留戀之意，這在當時是不可及的了。《人境廬詩草》十一卷是他的詩集，其特色在實行他所主張的「我手寫我口」，開中國新詩之先河，此外便不是我所能說的了。

我以前曾經得到一種抄本，竹紙綠色直格，每半頁十三行，中縫刻「人境廬寫書」五字，書簽篆文「人境廬詩草」，乃用木刻，當是黃君手筆，書高二十三公分，而簽長有二十二公分，印紅色蠟箋上，書凡四卷，與刊本比較一下，內容大致與前六卷相同，其中有九十四首乃被刪去，當係少作的集外詩，但也很值得收羅，只可惜這個抄本今已失去了。

其中也有不少好詩，刊本中有《人境廬雜詩》八首，抄本原有十首，所刪第九十兩首昔曾抄存，今錄於下，也是人境廬的掌故。

扶筇訪花柳，偶一過鄰家。
高芋如人立，疏藤當壁遮。

絮談十年亂，苦問長官銜。
春水池塘滿，時聞閣閣蛙。
無數楊花落，隨波半化萍。
未知春去處，先愛子規聲。
九曲欄回繞，三叉路送迎。
猿啼並鶴怨，慚對草堂靈。

讀古詩學文言

近來中學教育開始看重文言，在語文教科書中加入些文言教材，因此時常聽到訴苦的話，覺得不易搞得好。這無論出自教師，或是學生，我都覺得可以理解的。因為我們這年輩的人，在書房裡讀過經書，嘗過這個甘苦，雖然總算天幸讀通了書，懂得一定限度的古文，回想起來實在也是不大容易的。

我根據了五六十年前的這一點經驗，曾經提出過一種建議，請求對於初學灌輸古典文學作品或是文言文的知識，從韻文即是詩歌入手，這比用散文要有效得多。粗粗一想，一定以為舊詩有韻律的約束，經過推敲，很是簡煉，比較散文要難懂得多了，其實卻並不然。文言與白話在用字上固然有古今之分，重要的還是在文法上，文言散文上那一套「虛字」的彆扭的規例，在韻文上差不多用不著，即此也就要輕鬆得多了。

空論沒有用處，我們且就實例來一說吧。

唐朝號稱韓文公的韓愈，是所謂唐宋八大家的主幹，他的古文是古今馳名的。他的那一套古文，我嫌他有後來的八股氣，一直不喜歡它，事實上也讀了不好懂，懂了講不通；可是他的詩，我卻並不看輕它，覺得它有些很不差，而且也好懂。我們從《唐詩三百首》中引用他的一首七言古詩來做例，題名「山石」，其上半首云：

山石犖確行徑微，黃昏到寺蝙蝠飛。
升堂坐階新雨足，芭蕉葉大梔子肥。
僧言古壁佛畫好，以火來照所見稀。
鋪床拂席置羹飯，疏糲亦足飽我饑。
夜深靜臥百蟲絕，清月出嶺光入扉。

這十句七十個字裡，檢點起來，實在只有「犖确」和「疏糲」這兩處和白話有區別，需要說明，其餘讀去文從字順，只須略加一二襯字，就可以明白的。

我手頭沒有韓文或是《古文觀止》，不能引用他的散文來對比，總之要這麼通順易讀的文句，我相信斷然沒有。其實恐怕並不限於個別的人，一般說來，大抵都是如此，也未可知。隨便舉一個例子，《詩經》頭一篇，開頭四句云：

關關雎鳩，在河之洲。
窈窕淑女，君子好逑。

這是周朝初期的詩，比起孔子在《論語》開頭所說的「學而時習之，不亦悅乎？」亦要直接得多。固然這裡「關關」「窈窕」，也要若干詮解，但沒有「不亦……乎」那樣的文法，也是一個長處。

四言當然太是簡古，經過五言的階段，到了七言，似乎中國的詩歌找到適當的工具了。這固然也演變成詞和曲，但七言的潛力卻是最大，後來許多地方的民歌，以及許多地方戲的唱詞也都以此為基本。所以從七言古詩入手，不但是瞭解文言與文學遺產的一個捷徑，而且因為與這些民間文藝相通，瞭解也就更是容易了。

許多年前見過一部日本木板舊書，名曰「唐詩解頤」，是一個叫作釋大典的和尚所著的，他選取了好些唐詩，不加釋注，只在本文大字中間夾註一個以至幾個的小字，使前後字義連貫起來，這樣就可以講得通了。這個辦法並不一定怎麼好，但似乎比整個講解要好一點兒，因為他至少可以讓讀者自己比擬，咀嚼原文的一部分。

鳩摩羅什曾說，翻譯經文有如嚼飯哺人；但那是外國文，只有這個辦法。若是本國的古典作品，盡可能叫讀者自己用力，可以更多的理解原作的好處，有些古書如《書經》之類，的確除非譯出來便無法看懂，別的還只宜半注半解的引導一下就好，而入門的工作是重在詩歌韻文，不但如上文所說比較好懂，也更多情趣，不像說理的古文，乾巴巴的說的不知道是什麼話。從文言韻文入手，可以領導讀者到文學遺產裡去，從散文入手如不是叫人索然興盡，便容易引到八股文裡去。這我相信不一定只是我個人的偏見吧。

唐詩三百首

《唐詩三百首》是古詩文選本最通行的一種，百餘年來，風行全國；至「五四」以後，說它是「陋」書，似乎一時衰歇了。但平心說來，也還是足供參考的，所以近年又復印行。我看去年七月第四版，已經印行十六萬冊，以人口比例並不算多，但總是洋洋大觀了。

這選本的缺點不是沒有，凡選本皆有缺點，他有一種主張，這裡顯明的具體的排列出來，容易有什麼偏見。編這《唐詩三百首》的蘅塘退士是前清乾隆時人，他的意見只是那時代的東西，與現代不能相合，那是當然的。他序言選擇「膾炙人口」的詩，李杜的長篇，王孟的短什，的確是應有盡有了，要他客觀的羅列唐詩歷期的好處，初盛中晚四期各有它的特色，這未免強人所難，沒有人能夠做到。在沒有這樣一種理想的選本以前，姑且以此補充，也未始不是辦法吧。

俗語有一句話道：「熟讀唐詩三百首，不會吟詩也會吟。」當初我頗疑心是有了這書以後的說話，但是看蘅塘退士的序文中已經引用此語，後邊接下去云：「請以此編驗之。」乃知書名反是從這裡出來的。有許多人的確從這裡知道詩的形式，而且開始仿作，所以這話是有幾分道理。

但詩的格調並不限於「唐詩」，有些宋詩也是膾炙人口，可供參考。而宋人的詩另有意境，也有與唐人不同的地方，是很可貴的。從前看孫擴圖的《一松齋集》，見隨筆中有一則云：

「南宋楊與立《幽居》詩：

柴門闃寂少人過，盡日觀書口自哦。余地不妨添竹木，放教啼鳥往來多。

溪頭石磴坐盤桓，時見修鱗往復還，可見水深魚極樂，不須妄意要垂竿。

余謂有道之言，自爾可愛，唐人不肯作，殆亦不解作也。」

這話說得很有道理，我們不必硬來叫唐宋人比短長，但總之宋詩比唐詩又有一進境，便是可以發議論了。照王漁洋的說法，唐詩之佳在於有神韻，發議論便不韻了，不過這種過時的言論，現在並無拘泥之必要。我記得以前有過一部書，名叫「宋元明詩三百首」，不知係何人所編，似乎不妨找它出來一看，翻印一下，以補其缺，也不必要印幾萬，還是看這書值得印多少，便印多少可也。這對於學做舊體詩會有些好處，因為我看學做的詩與其說學唐人，還不如說是宋人倒相像一點。

唐詩易解

不是為的表示自己年歲老大，認識一堆方塊字，有古典文學的知識，要來賣弄，我常喜歡勸人讀古詩，從原文去賞鑑它。因為這並不難懂，說也奇怪，實在比古文要好懂得多，只要按字直讀下來，大抵可以讀懂，不像古文有那些彆扭的字法句法和「之乎者也」作怪，這至多要費點工夫，加上襯語和一二替代語，意思便明瞭，我們試舉唐詩為例，李白杜甫二家傑作裡，選出兩篇來看看。

首先是李白的《下終南山，過斛斯山人宿置酒》：

暮從碧山下，山月隨人歸。

卻顧所來徑，蒼蒼橫翠微。
相攜及田家，童稚開荊扉。
綠竹入幽徑，青蘿拂行衣。
歡言得所憩，美酒聊共揮。
長歌吟松風，曲盡河星稀。
我醉君復樂，陶然共忘機。

其次是杜甫的《贈衛八處士》，因詩較長，所以只選了它的一部分：

昔別君未婚，兒女忽成行。
怡然敬父執，問我來何方。
問答未及已，驅兒羅酒漿。
夜雨剪春韭，新炊間黃粱。
主稱會面難，一舉累十觴。
……

試想整整一千二百年前，唐朝天寶時代詩人巨作，我們現在還能念得，而且從它的原文裡直接享受它的好處，這正是中國說漢語的人的特點，是世界各國所沒有的。文學遺產有那麼豐富，又是那麼易於接受，散文著作可以上溯到幾百年前，韻文的還可更早得多，更追溯上去，有些周朝的《詩經》也可懂得，幾乎有三千年了。三千年前的詩文至今還可讀懂，豈不是世界的美譚麼？

不過話得說回來，太高調了韻文易懂，也是有毛病的，因為我所舉出的例也只有唐詩的少數，而且又以盛唐為主，若是晚唐及宋詩又不免彆扭了。也有些詩句很是平易，但卻並不容易懂，此乃是由於詩的措詞特別之故。例如韋莊的一首《金陵圖》：

江雨霏霏江草齊，
六朝如夢鳥空啼。
無情最是臺城柳，
依舊煙籠十里堤。

為什麼「六朝如夢」，為什麼「無情最是臺城柳」，這須要另外說明補充，在於文字的表面之外的了。

杜少陵與兒女

我喜讀陶淵明詩，有許多篇都很喜歡，其一是《責子詩》。對於此詩，古來有好些人有所批評，其中唯黃山谷跋語說得最好：

「觀靖節此詩，想見其人，慈祥戲謔可觀也。俗人便謂淵明諸子皆不肖，而愁嘆見於詩耳。」

所謂俗人中卻有一個杜子美，這很有點兒奇怪。《遣興》五首之三是說陶公的，末二句云：「有子賢與愚，何其掛懷抱。」陶詩題目雖是責子，其實內容是很詼諧的，山谷說他戲謔，極能瞭解這詩的意味，又說慈祥，則又將作者的神氣都說出來了。

嘉孺子而哀婦人，古人以為聖王之用心，卻也是文藝中的重要成分，便是杜子美自己的著作也是如此，而且比起別人來還要比較的多些。正如人見了小孩的說話行動，常不禁現出笑容來一樣，他們如在詩文圖畫裡出現時，也自有其一種和藹的氛圍氣，這就是所謂慈祥戲謔的氣了。

杜陵野老是個嚴肅的詩人，身際亂離，詩中憂生憫亂之氣最為濃厚，寫到家庭的事也多是逃難別離之苦，可是仍有不少歌詠兒童生活的部分，值得抄錄出來。如《彭衙行》云：

癡女饑咬我，啼畏虎狼聞。
懷中掩其口，反側聲愈嗔。

又《羌村》云：

嬌兒不離膝，畏我復卻去。

這是說亂後還家的情形的。

《百憂集行》云：

憶年十五心尚孩，健如黃犢走復來。

庭前八月梨棗熟，一日上樹能千回。

……

癡兒未知父子禮，叫怒索飯啼門東。

《茅屋為秋風所破歌》中云：

布衾多年冷似鐵，嬌兒惡臥踏裡裂。

皆寫小兒瑣事，饒有情致。《北征》中有數聯云：

粉黛亦解包，衾稠稍羅列。

瘦妻面復光，癡女頭自櫛。
學母無不為，曉妝隨手抹。
移時施朱鉛，狼籍畫眉闊。
生還對童稚，似欲忘饑渴。
問事競挽鬚，誰能即嗔喝。

前八句寫女孩子弄妝，與左太沖《嬌女詩》可以相比，不過寫得更是充分罷了。後四句則與《羌村》所說同一情調。可以見作者的真性情，而知道《遣興》所言未免存有「客氣」。

七律中亦有數處說兒童者，例如：

厚祿故人書斷絕，恆饑稚子色淒涼。
老妻畫紙為棋局，稚子敲針作釣鉤。
慣看賓客兒童喜，得食階除鳥雀馴。

律詩對句上下分詠，不免零碎，不及古詩之成片段。以上只據《十八家詩鈔》中杜詩部分引用，頗多不備，但總可以看見大概情形了。

希臘神話

在《卓婭和舒拉的故事》裡，有一節叫做希臘神話。一天卓婭在店頭看見指環上的寶石，問她母親，知道為什麼人們在指環上鑲寶石的故事嗎？母親便為她們講普羅米修士的事。這是希臘神話裡的一節，我們且引原書的話：

「我給他們講，有一次赫爾庫列斯救普羅米修士來了。赫爾庫列斯是一個力氣很大而且仁慈的人，是真正的英雄。他誰也不怕，連宙斯他也不怕。他用自己的寶劍砍斷了把普羅米修士鎖在斷崖上的鎖鏈，解放了普羅米修士。但是宙斯的旨意仍然有效。這些旨意裡說，普羅米修士永遠不能擺脫他的鎖鏈，從此鎖鏈的一環帶著一塊石頭就這樣留在他的手上了。由那時候開始，為了紀念普羅米修士。人們就在指頭上帶鑲有寶石的指環。」

古人有一種奇異的意見，以為頭上戴花圈，指上帶環的習慣，是用以紀念他們的大恩人普羅米修士的，因為他曾在高加索的岩石冰雪中間，戴了桎梏，經歷三萬年之久。

宙斯是宇宙大神，曾經立誓永不釋放普羅米修士的，普羅米修士經赫爾庫列斯的干涉而得了解放，可是不至完全毀損了他的權威，所以他命令普羅米修士在得了自由之後，要在手指上戴著一個用了鐐銬的鐵與被鎖著過的岩石所做成的小環。人們為紀念恩人的受難，自此以後就都戴指環了。這裡所謂古人，大都是紀元前一世紀的羅馬文人，善於取神話的小話編織成美麗的故事，這指環的傳說也是屬於這一類的。

唯一的希臘作家所編的《希臘神話》中，關於這一節卻是另一樣說法，他說：「赫耳庫列斯射死那吃普羅米修士的肝的那隻鷹，解放了普羅米修士，他自己擇取了橄欖枝，作為束縛。」

則是救助了普羅米修士的赫爾庫列斯本人，須得替代他所放的囚人束縛起來，這樣他選用了他所愛好的橄欖枝。這是戴花圈的起源，與上文相似的另一種美麗的傳說。

普羅米修士上天去給人類偷火，為宙斯所恨，以致受極大的苦難，是人類的極大恩人。但說也奇怪，在希臘卻自古並無他的廟宇，他的名字只留存於言語文字，這實是最好的紀念，比任何儀式崇拜更為永久可靠。這是希臘神話的光輝的一頁，勝過《舊約》，雖然有《失樂園》等替它擺門面。

關於目連戲

在《人民日報》上見到陳山同志的文章，知道《目連救母》在上海演出，在愛好目連戲的一個紹興人看來，這是一件很可喜的事情。不必要地說明一句，這目連戲是民間戲劇的很特別的一種，它有好多的缺點，但也自有其長處。它是一部宗教性的戲，有陰沉的落後的一面，但同時也很明朗，富於詼諧。

戲的內容極簡單，只是救母出地獄。起頭傅母造孽，只是必要的說明。戲的本身須得七天七夜才能演完，乃是中間許多插曲，作為目連一路所見，描寫出社會上的許多情形，演出滑稽諷刺的場面。還有一層，這是純粹的民間業餘劇，以前並無一定演員，只是由農人工人臨時湊搭成班，演完就散，一切都是

「湊合」，所以服裝也很差，紹興俗語有「目連行頭」一語，形容破舊衣服，即從此出。——總起來說，這劇種是很特別的，值得保存研究，加以整理的。但是這很不容易，如不充分瞭解它的特質，只是理想地去下手整理，容易成為夾板醫治駝背的笑話。

據我個人的看法來說，這是一個勸善的宗教劇，我們要想根本上來改造它，發生什麼積極的作用，那在事實上恐怕是不可能的。我們為的要保存這特別的民間劇，只好來消極地防止它可能的弊害，例如吃素念佛，齋僧修廟的事。我們應該把救母的事當作一個架子，來掛起那些雜多的插曲，換句話說，便是要把傅母造孽下地獄這一節輕描淡寫地對付過去，目的只是去引出目連來。

傅母反宗教的一點不必太去強調它，因為目連始終以為母親當救，末了也終於救了出來，這就已經表示對於傅母的是認了。若本是宗教勸善劇，卻要用力去扭轉過來，變為反宗教（佛教）的戲劇，這一百八十度的轉變怕不是容易的事，而且在現今吃素念佛，齋僧修廟的迷信並不盛行的時代，要如此宣傳，也未免有點近於無的放矢吧。

目連戲的第二特點，我說過那是它的喜劇性。我覺得中國人向來就愛好喜劇。這廣義的喜劇是發現於小說戲曲的大團圓的收場。有些悲劇收場的傑作，如《西廂記》與《紅樓夢》，一定有人要續作，使得它團圓為止。

舊時紹興戲不管是什麼班，在日場或夜場完結的時候，不管末了演的是什麼戲，在腳色下場之後，必定出來一生一旦，在臺前交拜，後臺奏著喜樂，觀眾便預備走散了。

這似乎有點庸俗，但我覺得卻很有可取，因為這表示中國人民的明朗的性格，愛好和平快樂。還有狹義的喜劇，滑稽的腳色和詼諧的言動，在戲劇與民間藝術上也相當豐富，這我也以為是很好的。

占據目連全劇十分之九地位的插曲，差不多都是一個個劇化的笑話，社會家庭的諷刺畫。這可以說是目連戲的精華部分，也正因為這些使得群眾喜歡看，也沖淡了勸善的宗教劇的空氣，因為據我想，群眾是並不愛聽勸善的說教的。如果整理時強調了傳家的事情，改成一齣完全的「救母記」，無論藝術工夫多麼好，反迷信的作用多麼大，總之是「買櫝還珠」的作法，目連戲只是一個軀殼罷了。

我還是五十年前在長慶寺前的路亭臺上看過最後的一次，只演了半日一夜，所以插曲省去了不少，大部分也已忘記了，但是有些還約略記得，如「泥水作打牆」，「張蠻打爹」，還如什麼人給地主當傭工，當初說定挑水是十六文一擔，後來不知怎麼一來，變成了一文十六擔了。

又如說富家中堂掛著條幅，上寫「太陽出起紅澎澎」一首猥褻的詩，也滿是諷刺的意思；雖然如要整理，這一段自然也只好刪改了。

我以為為了保存而整理的工作不可太急進，平常「不求有功，但求無過」的教訓不足為法，但在這裡卻似乎是可以合用的。我們要尊重群眾的創意的加工，盡可能保留那些小喜劇的插曲，寧可把主要的情節（即傳家的事情）多多節略，只要足夠當作架子用就好，卻把插曲多掛上去。現在不可能接連的演好幾天，似乎不妨將保留的多少插曲各個拆開，自由地編插進去，以供一天的演出。

我對於戲劇完全是外行，但是知道一點目連戲的性質，覺得保存整理實為必要，而整理的不得法，反要把這劇種毀掉了。西洋的戲劇史和戲劇理論儘管好，用到中國來時，特別是民間特種藝術，卻很要慎重，不能全部拿來應用，須要虛心瞭解並採納創造以至演出這劇種的地方藝人的意見。切忌憑主觀和教條來從事，弄得不好時，這本來奄奄一息的病人會得死於手術之下的。

我不懂一切戲劇，本來不配來談這些問題，只是以紹興人的資格——這算不得是百家之一，但也總是一種資格——出來替目連戲說兩句話，以供參考。

喜劇的價值

我少聽京戲，但是對於地方戲卻是看了不少，所以也有很多的感觸。第一覺得中國「戲文」有一點與別國不同，值得一說的，那便是偏愛喜劇。照普通說法，喜劇可分為廣義狹義兩種。廣義的是團圓結局的戲，雖然中間盡有悲歡離合，近似悲劇的片段，但結末總是歡喜會合，以大團圓收場。從前鄉間習慣，開始時必演「八仙慶壽」「賜福」和「跼魁」，繼之以「掘藏」，極盡人生的大望，隨後開始演戲。

到了戲文終了的時候，必定是團圓結局，在整本演出時那無問題，由劇中人表演結婚了事，就是後來不是這樣做了，也還是如此表演，譬如一齣打仗的戲完了，將軍剛剛挺槍進去，接著就出來了一生一旦，匆匆向外邊納頭便拜，表示「拜堂」之意，也即是說，這一天的戲算是完了。

觀眾也都瞭解這個意思，在喜樂聲中，看見兩人交拜，便說「拜堂」了，紛紛準備走散。這種習慣不曉得別處有沒有，小時候看紹興戲文，記得如此，這說來已是五十年前事了。

狹義的喜劇，便是戲劇中滑稽部分，以詼諧的言動，博得觀眾的一笑。這種喜劇在文藝成績上不算太多，但在藝術演出上，卻很是豐富，我們只須回憶戲文上副淨的重要，便可以知道，因為這些喜劇差不多都是由副淨來演出的，地方戲上的《五美圖》裡的老丁，《紫玉壺》裡的大師爺，都是極精采的腳色，是很被觀眾所歡迎的。

中國人民喜愛喜劇，這便是性情明朗，酷愛和平的表示。世界上有些民族偏愛悲劇，對於人生別有看法，我們也不必表示反對，也只是我行我素，仍舊喜歡我的喜劇罷了。依照這樣說法，在舊式戲劇中有不少劇種可以發掘，拿來利用，無須乎往「殭屍」這一類貨色中去找噱頭，因為在這廣大的喜劇項目中，盡可以發見新的材料。

鍾馗送妹

近時文化部將從前所禁止的戲劇二十幾種開禁，其中有《大劈棺》，《活捉王魁》等，還有全部鍾馗，以及川劇《鍾馗送妹》在內。

這事很引起我的一番思索，特別是鍾馗的戲，不知道是怎麼做法，什麼地方不好。我想這大概是迷信，因為全部鬼話，不但是一場出鬼而已。不知道這戲與小說《鍾馗捉鬼傳》有無相干，若是有的則全本鬼話連篇，難怪在解放初期要成問題了。

至於《鍾馗送妹》，那大概是其中的一段落，帶著喜劇色彩的吧？鬚髮磔張，狀貌可怕的鍾馗，據說有一個俊俏的妹子，這配搭得很好，正如蘇東坡之有蘇小妹，有很好的文章可做。在繪畫上確曾有過，看見《海上名人畫稿》，內中曾經有過，記得是清溪樵子錢慧安所繪，小妹坐在車內，一鬼推著，鍾馗花冠帶劍，騎驢跟在後面，鬼挑著行李。這以後別無下文，但在笑話裡另有後文，大約是在小妹出嫁後的事了。

鍾馗生日，妹差一鬼挑擔送禮，一頭是酒，一頭是一個鬼捆做一團。外附一封信云：

> 酒一缸，鬼一個，送與哥哥做點剁。
> 哥哥若嫌禮物少，連挑擔的是兩個。

馗閱信畢，便命將兩個鬼都送廚房，捆著的鬼對挑擔的說道，「我是沒有法子。你何苦挑這個擔子！」這個笑話見於明朝人的書裡，是故意編了來挖苦人的，但也可見鍾馗已有妹子存在了。

利用神話來編喜劇，中國人民的智慧是很可佩服的，《鬧天宮》之用玉皇大帝太上老君來陪襯一個毛猴；《天河配》之用西王母來陪襯一對牛女（耕織的男女），都是很大的對比。唯一的宗教劇《目連救母》，拉得很長，都滑稽化了，要緊的只剩得一場做收束。

中國人是樂天明朗的民族，利用迷信做材料，卻轉變成很好的戲劇，看過去豁然都忘了，不讓它留著，只當作遊戲看去。昔東坡叫人說鬼，答說沒得可說，他說「姑妄言之」。這是說鬼，也就是戲中出鬼的妙處。我疑心中國戲上出鬼，多是此意，鬼不顯出鬼的可怕，神也不見神的可畏，這是中國戲的特點。

第二卷　童趣集

農曆與漁曆

人們習慣把我國的陰曆叫作農曆，其實如果真有農民所專用的那麼一種曆本的話，倒完全應該是現在所通行的陽曆。因為大家知道，農民種田與氣候的冷暖頂有關係，以節氣為標準，而一年四季氣候的變化乃是以太陽為依據的，因太陽和地面的遠近而定出四時來，在這中間劃分為二十四節氣，這在陽曆上都有差不多一定的日期，很是簡便適用。

西洋曆書上本來有春秋二「分」，冬夏二「至」的期日。把整年分為二十四節，這與古代的一年「七十二候」原來卻是中國人民的智慧的創造，但比較起來前者要更切實得多，因為它補充了二「分」二「至」中間的空隙，將全年平均分配，因此更多實用的價值。二十四節氣的分配既然以太陽為依據，所以日期幾乎是一定的，有時相差也不過一日。以前見過歌訣有云：

西曆節氣真好算，一月兩節不改變，
上半年來五廿一，下半年來七廿三。

簡單好記，農民使用起來是最方便的，可是，世間有一種誤解，以為二十四節氣是陰曆特有的東西，所以就把陰曆稱為農曆了。有些新日曆以及報紙上，特地把節氣改成陰曆的日子揭載出來，這是違反常識的。

中國農民過去一直依靠節氣作為耕作的標準，因為節氣表示四時氣候的變化，是正確可信的，可是，這根源雖然出於太陽，而當時中國使用的乃是陰曆，所以只好把這「一月兩節不改變」的二十四節分配給陰曆年，結果不但是有時一年兩頭春，閏月中只有一個節氣（或者應當倒過來說，把一月中只有一個節氣的月份定為閏月），尤其是一年內節氣的日期紛亂不堪，如果不拿出曆本來查，這些日子就永遠沒法子來記了。

據我的看法，陽曆二十四節根據太陽關係算出，最為準確，日期又有一定，容易記憶，最適宜於農民使用，所以這應該稱為農曆才對，不必再去拉扯陰曆出來。

我並不是說陰曆可以取消，這也是古代文化遺產之一，在曆書中是可以容許它占一席地的。陰曆以月亮為依據，每月一度月圓，看了也覺得有意思。至今不問東西國家，這年月的「月」字推究下去還是與月亮分不開的。

此外在生活上，月亮也並不是全無影響。有人說這與婦女孕育有關，因為對於醫學婦科是外行，不知道怎麼樣，但是海潮與月亮的關係是不成問題的。小時候生長海邊，習聞「初一十五子午潮」的成語；上海解放的那年，我在橫濱橋頭寄住，每天在小樓上看河水應時隨潮漲落，常使我想起唐人的「早知潮有信，嫁與弄潮兒」的兩句詩來。

陰曆現在對於我們住在城市的人沒有多大用處了，但它在別一方面卻有很大的作用，即是在海邊生活的一群人，他們需要知道潮汛的時刻，準備躲避或是利用。從這一點來看，陰曆實在乃是漁曆，現今有人稱它為農曆，這是與事理不相符合的。

冬至九九歌

夏至冬至以後，皆有「九九」之說，計算寒暑的變化。不過夏天人家不大注意，讓它一天天的過去就是了。冬天冷得難受，便要計較它，看它冷到怎樣程度了。這情形在北方尤其突出。但北京的九九歌我找不著，姑且以蘇州的為例，依照《清嘉錄》裡所載的錄出如下：

一九二九，相喚勿出手。
三九廿七，籬頭吹觱栗。
四九三十六，夜眠如露宿。

五九四十五，窮漢街頭舞。
不要舞，不要舞，還有春寒四十五。
六九五十四，蒼蠅躲屋次。
七九六十三，布衲兩肩攤。
八九七十二，貓狗躺陰地。
九九八十一，窮漢受罪畢。
剛要伸腳眠，蚊蟲蛇蚤出。

這裡應當有小小說明。「相喚勿出手」的「相喚」，似乎費解，難道互相呼喚要用手亂招的麼？這「相喚」乃係古語，現在已不通行，見於《清嘉錄》，可見本是吳語，但在寧波紹興地方最近還是用著，直到近四十年遂歸廢棄了。這相喚的意思即是作揖。小說書中則稱「唱喏」，蓋當初見人作揖的時候，一面嘴裡說一句什麼話，或是叫一聲，所以有此名稱。有好古的人要寫作「相歡」，實在無此必要。《老學庵筆記》說最初唱喏有聲，後來不唱了，稱曰「啞喏」。小說裡有「唱肥喏」之說，那大約是指兩臂作圈那一種拱揖式罷。

其次「八九」這一句裡，用了一個替代字，寫作「陰」字了，其實應讀作去聲的。此字本從三點水加一個「阿匐」的「匐」字，讀作印。《世說新語》裡說王家子弟作吳語，有這個字，意思是說涼而不寒，夏天就棋枰（大概是漆器）去靠肚皮，這一句最能表得出這種感覺。

蘇州的這九九歌比別處都好，因為它最能代表窮漢的意思來。別本說，「九九八十一，犁耙一齊出」，只表出農家的事情，這裡卻說「窮漢受罪畢，剛要伸腳眠，蚊蟲蛇蚤出」。與上文的「不要舞，還有春寒四十五」相同，表示出窮人的困難。這裡雖然顯然經過文人的加工，但表同情於窮漢，可見原來的平民的色彩，也仍然保留著很多的了。

墟集與廟會

程鶴西的《農業管窺》裡有一節話，說農諺與氣象和社會有關係的，覺得很有意思，抄錄於下：

「如廣西的諺語，一日東風三日雨，三日東風無米煮，和有些地方的，雲往東，一場空，雲往西，雨瀝瀝，則不但表現一些氣象學上的事實，也還給我們看出一點的社會情形來。我們知道中國東南臨海，而西北是大陸高原，所以東風時常挾濕氣而俱來，再遇到北來冷氣，結而成雨，所以每每東風是欲雨的先兆。至於何以三日東風就會連米也沒得呢，因為廣西好多地方是三日一墟，而有許多人家是在墟場上買米吃的，如果連日多雨，不好趁墟，無人賣米，自然有斷炊之虞了。」

宋長白的《柳亭詩話》卷一有一則云：「柳河東詩，青箬裹鹽歸洞客，綠荷包飯趁墟人。洞謂穴居，墟乃市集之所，非身歷天南者，不能悉其風景。」

有人指出過：這裡把「洞」訓為「穴居」，是錯誤的，「洞」，在廣西土語中乃指山峽中的平地，田宅均在其中，「歸洞」，是回自己的村裡。但由此可知趁墟之俗卻是「古已有之」，蓋即日中為市而有定期者。這在解放之後，習慣當已有變更，舊日農諺未必適用，俗語所謂「吃甜茶，說苦話」，「三日東風無米煮」的話，也成為過去的舊話了。

這一類趁墟或趕集的方法，各地多有存留，或稱作「廟會」，於一定的廟宇中聚集，北京有名的東西廟會就是。現今東廟即隆福寺已改為人民商場，只剩下西城的白塔寺及護國寺兩處，每逢三至六日在白塔寺，七日至二日在護國寺，是日遊人雲集，熱鬧如上海的城隍廟一樣。

但是這與普通墟集有一樣不同的地方，即墟集大都是日用所需的雜物，而在這廟會上所有的卻是百貨，換句話說，「柴米油鹽醬醋茶」開門七件事，在這裡是不見的，這與廣西的墟便大有不同，所以即使多日下雨，不能開廟會，也不會影響到煮不成飯的。

拂子和麈尾

中國有許多服用器物，古今異制，至今已幾乎消滅了，幸虧在小說戲文裡保存著一點，留存下來還可認得，有如笏這東西，只有戲中尚可看到，此外則「朝笏糕乾」，在鄉下也還有這名稱。又如拂子，俗稱仙帚，是仙人和高僧所必攜的物事，民間也尚有留存，當作趕蒼蠅的東西。

末了還有麈尾，除了「揮麈」當典故之外，沒有人看見過是什麼形狀。《康熙字典》引《名苑》云：「鹿大者曰麈，群鹿隨之，視麈尾所轉而往，古之談者揮焉。」照它的解釋，似乎所揮的該是整個的尾，這乃是望文生義的解說，還不如陸佃《埤雅》裡所說「其尾辟塵」之明白，雖然或仍未能將它的形狀弄清楚。

《世說新語》有好幾處講起麈尾的地方，其一云：「王夷甫妙於談玄，恆手捉白玉柄麈尾，與手都無分別。」那末這是有「柄」的。

又云：「孫安國往殷中軍許共論，往反精苦，客主無間，左右進食，冷而復暖者數四，彼我奮擲，麈尾悉脫落，滿餐飯中，賓主遂至暮忘食。」

那末這尾毛又是要脫落的。從這裡看來，這麈尾未必是整個的尾巴，或是拂子似的東西，因為這無論如何用力揮舞，尾毛決不會掉下來，更何至滿餐飯中呢？須得看它實物的照相，這疑問便立可解決。

中國本國似乎沒有這東西了，但在日本正倉院裡還有一兩把，大約是唐朝以前的遺物。麈尾是掌扇似的東西，柄用白玉或是犀象牙角，上下兩根橫檔，中間橫列麈尾，形狀像是一個蓖箕，可以拂塵，這就是「辟塵」說之所由起。照相裡一把是完整的，一把是破了，麈尾大半脫落了，可以想見那主客所用的多少與這相像。

手捉麈尾談玄，與拿拂子講經，在現在說來別無多大關係，但把古人生活的一節弄清楚了，也還不是沒有意思的事。

筆與筷子

中國筷子的起源，這同許多日用雜物的起源一樣，大抵已不可考了，史稱殷的紂王始造象箸，不過說他奢侈，開始用象牙做筷子，而不是開始用筷子。

要說誰開始使用，那恐怕是燧人氏時代的人吧。為什麼呢？因為上古「茹毛飲血」，還是吃生肉的時候，用不著文縐縐的使用什麼食具。這一定知道用火了，烤熟煮熟的東西要分撕開來的時候，需要什麼東西來做說明，首先發明手指一般的叉，隨後再進一步才是筷子。

筷子為什麼說是比叉要進步呢？叉像三個手指頭拿東西，而筷子則是兩個，手指愈少愈不好拿，使用起來也更需要更高明的技術了。

在用青銅器的時代，似乎還不使用筷子，因為後世發現青銅器，於鐘鼎之外，還沒有發現銅箸這類東西。那末這是什麼時候起來的呢？

這問題須得讓考古學家來解決，我不過提出一個意見，覺得可能這與使用毛筆是同時發生的也未可知吧。強調由於食物之不同，粒食的吃飯與粉食的吃麵包，未必能說明用筷子與用叉的必要，現在的世界上有許多實例證明這個不確。若用毛筆來作說明，似乎倒有幾分可能。

中國毛筆始於何時，也沒有確說，但秦時蒙恬造筆，總是一說吧。毛筆的使用方法，與筷子可以相通，正如外國人用刀叉的手勢，與用鋼筆很是相像。舉實例來說，朝鮮，日本，越南各國，過去能寫漢字，固然由於漢文化之熏習，一部分也由於吃飯拿筷子的習慣，使他們容易拿筆，我想這是可能的。

蒙恬造了毛筆，中國字體也由篆變隸，進了一大步，與甲骨文的粗細一致，大不相同。上面我說倒了一件事，似乎大家寫字，從執筆學會了拿筷，事實上是不可能如此，正因為拿兩枝獨立的竹枝，學得操縱筆管的方法，因此應用到筆法上去的。世界上用筷子的大約只有漢民族，正如那樣執筆的也只有這一民族吧。

牙刷的起源

《唱經堂水滸傳》七十一回，是金聖歎假造的本子，說是施耐庵原本；有施氏自序一篇，也是他的假託。但裡邊有幾句話，很有意思，可見在金聖歎的時候已是有的：

「朝日初出，蒼蒼涼涼，裹巾幘，進盤餐，嚼楊木，諸事甫畢，起問可中，中已久矣。」

這裡的所謂「嚼楊木」，就是現在的刷牙漱口，大約是唐時的佛教習慣。由中國流傳到日本，現在牙刷仍有「楊枝」之稱，卻把剔牙籤叫做「小楊枝」了，在當初大概是兼有此用的。

西元十世紀中源順編纂《和名類聚抄》，引用《溫室經》云：「凡澡浴之法，用七物，其六曰楊枝。」由此可見，「楊枝」之名其來已古了。但是這個名稱顯然是有錯誤的，正當的應當叫作「齒木」。唐朝義淨法師在《南海寄歸內法傳》內有說明道：

「每日旦朝，須齧齒木，揩齒刮舌。務令如法，盥漱清淨，方行敬禮。其齒木者，長十二指，短不減八指，大如小指。一頭緩須熟嚼良久，淨刷牙關，用罷擘破，屈而刮舌，或可大木破用，或可小條截為，近山莊者則柞條葛蔓為先，處平疇者乃楮桃槐柳隨意，預收備擬，無令闕乏。少壯者任取嚼之，耆宿者乃椎頭使碎。其木條以苦澀辛辣者為佳，嚼頭成絮者為最，粗胡菓根極為精也。牙疼西國迴無，良為嚼其齒木，豈容不識齒木，名作楊枝。西國柳樹全稀，譯者輒傳斯號，佛齒木樹實非楊柳，那爛陀寺目自親觀，既不取信於他，聞者亦無勞致惑。」

照嚴格的宗教規矩來講，這區別確實應當訂正，但是在日本中國通俗用，楊枝楊木的名稱，也就可以了吧。佛教法「過午不食」，所以要使口中不留殘食，故有此習慣。金聖歎說「進盤餐」之後，才嚼楊木，深得此意。

後世的刷牙漱口，只是為清潔，因了牙粉的發明，刷牙剔齒的器材亦因之改變了。就文獻上記錄看來，在三百年前即是明末清初，似乎木製牙刷還是存在（但也說不定只是文人弄筆，偶用故典罷了），但近六十年的記憶，就不甚明瞭。我記得刷牙的習慣還是在庚子的次年，進學堂時才學得的。這其時「齒木」的舊習大約已斷，故而改稱牙刷，純從衛生上著眼，並無別的意思了。

澡豆與香皂

古時中國洗手，常用澡豆，在古書上看見，不曉得是什麼東西，特別是在《世說新語》見到王敦吃澡豆的故事，尤為費解。

《世說》卷下《紕漏篇》中云：

「王敦初尚主，如廁，見漆箱盛乾棗，本以塞鼻，王謂廁上亦下果，食遂至盡。既還，婢擎金澡盤盛水，琉璃碗盛澡豆，因倒著水中而飲之，謂是乾飯。群婢莫不掩口而笑之。」

這裡說王敦有點像「劉姥姥進大觀園」，或者過甚其詞，也說不定。但可見六朝時候，一般民家已經不知澡豆了，大約在闊人家還是用著吧。

不過說也奇怪，在唐朝的醫書上卻又看見，孫思邈的《千金要方》裡載有澡豆的方子，用白芷，清木香，甘松香，藿香各二兩，冬葵子，栝樓人各四兩，零陵香二兩，畢豆麵三升，大豆黃麵亦得，右八味搗篩，用如常法。看它多用香藥，不是常人所用得起的。六朝時或者要簡單的多，只是一種粉末，因為假如香料那末多，王敦恐怕也吃不下去了。

這種洗面用豆麵中國似乎失傳了，但是流傳在日本，至今稱作「洗粉」，是化裝品的一種。不過我們在《紅樓夢》第三十八回，說大家吃螃蟹的地方，有這樣的話：「又命小丫頭們去取菊花葉兒桂花蕊熏的綠豆麵子，預備著洗手。」這顯然是一種澡豆，可見在乾隆時還有人用，不過沒有這名稱罷了。

「香皂」之稱亦已見於《紅樓夢》。查《千金要方》卷六，列舉別種洗面藥方，其中已有用皂莢三挺，豬胰五具者，但仍用畢豆麵一升，大約諸品和在一起，團成應用，則與北京自製「胰子」相同。三十年前店家招牌，有書「引見鵝胰」者，蓋是此物，當時算作上等品物。記得一筆記，記南宋事，皇帝居喪，特別用白木製御座椅子，有人入朝看見，疑為白檀所雕，宮人笑曰，丞相說近日宮中用胭脂皂莢太多，尚有煩言，怎麼敢用白檀雕椅子呢？

其時皇宮裡尚不用「胰子」，卻用皂莢，亦是奇事。這大概是南北習慣之不同，北方用豬（鵝）胰，所以俗稱「胰子」，香皂亦稱「香胰子」。南方慣用皂莢，小時候尚看見過，長的用鹽鹵浸，搗爛使用。一種圓的，整個浸鹽鹵中，所以通稱「肥皂」。但渠豆一名則早已忘記了。

踏槳船

《漫畫》九十三期上登載有五個畫家的旅行紀事，題曰「野草閒花」，因為係浙東的事情，所以看了很有興趣，特別是那一張「手足之情」，畫寧波的手搖水車與紹興的腳划船，不獨上海人覺得奇怪，想來也實在特殊，尤其用腳踏槳。

但是漫畫上卻弄錯了，畫作一個人踏著兩支槳，空著兩隻手，並不拿著一張划楫，使得船不能左右進行，這是不合事理的。槳這東西有使船推進的力量，沒有別的用處，所以必須畫作兩腳踏一支槳（在船的右邊），另外手裡還須拿著一支楫才行，也才能使船進退自如。

這種踏槳船，據歐陽昱的《見聞瑣錄》裡說，是始於中州周沐潤，在太平天國時代，從常熟日往上海報米價。「其船長僅丈餘，廣僅三尺餘，篷高二尺餘，內僅可臥二人，不能坐，坐即欹側，駕船者在船頭亦臥下，用兩腳踏棹行，棹長約七八尺，一踏即行二三丈，晝夜可行二百數十里。」

這船在紹興是「古已有之」，周沐潤是李越縵的朋友，久居紹興，知道這船，到常熟做知縣時便利用它的便利，乃用以報知米價罷了。

陳晝卿《勤餘詩存》中一詩詠踏槳船，注云：「船長丈許，廣三尺，坐臥容一身，一人坐船尾，以足踏槳行如飛，向唯越人用以狎潮渡江，今江淮人並用之，以代急足。」時為咸豐辛酉，正是太平天國時期，陳君是山陰人，故所述船的形狀不誤。歐陽君蓋江西人，所說似出傳聞，難免有錯誤。

徐珂在《可言》中記杜山次話，江伯訓權知山陰時，以事赴鄉，輒棹划舟往，划舟小如葉，舟子坐舟尾，以足推槳使進，乘者可坐臥，不可立。說的也是這種腳踏船，但名稱誤作「划船」了，划船乃是只用楫划的，大抵無篷，不堪遠行。

江伯訓權知山陰，蓋前清宣統年間事，江為人甚奇，說他為官清正，可是不廉，所以有「長手包龍圖」之稱。他要錢絕不在會引起民憤的事情上去弄，只在富家的民事案件上去取，正是他的巧妙。他坐腳踏船下鄉，也是很妙的事情，這第一是表示不擾民，帶去一個書辦而已。外鄉人要坐這樣船，非有決心不可，因為它是很危險的，容易出風險，他能坐得這船，可見是不怕冒險的。

泥孩兒

從前在什麼書上，看見德國須勒格爾博士說，東亞的人形玩具始於荷蘭的輸入，心裡不大相信，雖然近世的「洋娃娃」這句話似乎可以給它作一個證明。本來這人形玩具的起源當在上古時代，各國都能自然發生，如埃及希臘羅馬的古墳據說都發現過牙雕或土製的偶人，大抵是在兒童的墳裡，所以知道是玩具的性質，另外有殉葬的一種，用以替代活人，那是所謂「俑」了。由是可知，這種玩具的偶人的起源不可能有一定的地方，應是各地自由發展。

可是它又很容易感受外來的影響，現時的洋娃娃服裝相貌還沒有和老百姓一樣，宋代曾通稱摩侯羅或磨喝樂，也是外來語，大概與佛教有關係，雖然還沒有考究出它的來源。這在《老學庵筆記》中稱作「泥孩兒」，當是指泥製的孩兒那一種，但別處又見有「帛新婦子」與「磁新婦子」的名稱，可見也有一種「美人兒」，比現代的洋娃娃式樣更多了。

小時候在鄉下買「爛泥菩薩」玩耍，有狀元；有「一團和氣」；還有婦女，通稱「老」，即指「墮民」中的女人，因為她們在前朝是賤民，規定世世給平民服役，女人都還穿的古裝束，青衣裙青背心，髮梳作高髻稱「朝前髻」（平民婦女唯居喪時梳此髻）。土偶作古裝，無人能識，所以認錯了。現在想起來，這種「老」的爛泥菩薩，著實可以珍重保存，只可惜現今恐怕已經找不到了。

中國歷代的「俑」，自六朝至唐，尚留存不少，很可以供給畫家和排演電影的人作參考，人形玩具如能保留，亦可有不小用處。但玩具殉葬到底是絕少數，平常玩耍過後全部毀棄，古時玩具無由得見。這不但是實物難得，便是文字紀錄，也極不易找，蓋由中國文人太是正經，受儒教思想的束縛，對於生活細節，怕涉煩瑣，不敢下筆的緣故。

漢人在《潛夫論》中有云：「或作泥車瓦狗諸戲弄之具，以巧詐小兒，皆無益也。」可以代表士大夫的玩具觀。我們從佛經中看來，印度就要好得多。如在《大智度論》中說：「人有一子，喜不淨中戲，聚土為谷，以草木為鳥獸，而生愛著，人有奪者，嗔恚啼哭，其父知已，此子今雖愛著，此事易離耳，小大自休。」末句輕輕四字，是多麼有理解的話。

又《六度集經》中記須大拿王子將二子佈施給人，王妃悲嘆，「今兒戲具，泥象泥牛，泥馬泥豬，雜巧諸物，縱橫於地，睹之心感。」也說的很有人情。為了兒童的福利，應該發展玩具製作，特別是人形玩具這一部門。古來的「泥孩兒」，「美人兒」，都能有新的發展，此外泥車瓦狗，泥馬泥豬，也是必要的，這應與新文明的玩具並重，不可落後，因為這些固然是舊的，但正是日常生活中所有的事物。本來想談談玩具的事情，卻不料只說得偶人這一方面，所以題目也就用了宋人所說的泥孩兒，雖然這一個字不大能夠包括人形玩具的全部。

不倒翁

不倒翁是很好的一種玩具，不知道為什麼在中國不很發達。這物事在唐朝就有，用作勸酒的東西。名為「酒鬍子」，大約是做為胡人的樣子，唐朝是諸民族混合的時代，所以或者很滑稽的表現也說不定。

三十年前曾在北京古董店看到一個陶俑，有北朝的一個胡奴像，坐在地上彈琵琶，同生人一樣大小。這是一個例子，可見在六朝以後，胡人是家庭中常見的。這酒鬍子有多麼大，現在不知道了，也不知道怎樣用法，我們只從元微之的詩裡，可以約略曉得罷了：

「遣悶多憑酒，公心只仰胡，挺身惟直指，無意獨欺愚。」

這辦法傳到宋朝，《墨莊漫錄》記之曰：「飲席刻木為人而銳其下，置之盤中左右欹側，僛僛然如舞狀，力盡乃倒，視其傳籌所至，酹之以杯，謂之勸酒胡。」

這勸酒胡是終於跌倒的——不過一時不容易倒——所以與後來的做法不盡相同；但於跌倒之前要利用它的重心，左右欹側，這又同後來是相近的了。做成「不倒翁」以後，輩分是長了，可是似乎代表圓滑取巧的作風，它不給人以好印象，到後來與兒童也漸益疏遠了。名稱改為「扳不倒」，方言叫做「勃弗倒」，勃字寫作正反兩個「或」字在一起，難寫得很，也很難有鉛字，所以從略。

不倒翁在日本的時運要好得多了。當初名叫「起來的小和尚」，就很好玩。在日本狂言裡便已說及，「狂言」係是一種小喜劇，盛行於十二三世紀，與中國南宋相當。後來通稱「達摩」，因畫作粗眉大眼，身穿緋衣，兜住了兩腳，正是「面壁九年」的光景。

這位達摩大師來至中國，建立禪宗，在思想史上確有重大關係，但與一般民眾和婦孺卻沒有什麼情分。在日本，一說及達摩，真是人人皆知，草木蟲魚都有以他為名的，有形似的達摩船，女人有達摩髻，從背上脫去外套叫做「剝達摩」！

眼睛光溜溜的達摩，又是兒童多麼熱愛的玩具呀！達摩的「趺跏而坐」的坐法，特別也與日本相近，要換別的東西上去很容易，這又使「達摩」變化成多樣的模型。從達摩一變而成「女達摩」，這彷彿是從「女菩薩」化出來的，又從女達摩一變而化作兒童，便是很順當的事情了。

名稱雖是「達摩」，男的女的都可以有，隨後變成兒童，就是這個緣故。日本東北地方寒冷，冬天多用草囤安放小孩，形式略同「貓狗窩」相似，小孩坐在裡邊，很是溫暖；嘗見鶴岡地方製作這一種「不倒翁」，下半部是土製的，上半部小孩的臉同衣服，係用洋娃娃的材料製成。這倒很有一種地方色彩。

不倒翁本來是上好的發明，就只是沒有充分的利用，中國人隨後「垂腳而坐」的風氣，也不大好用它。但是，這總值得考慮，怎樣來重新使用這個發明，豐富我們玩具的遺產；問題只須離開成人，不再從左右搖擺去著想，只當他作小孩子看待，一定會得看出新的美來的吧。

糯米食

在《文匯報》上看到這一節紀事：「視察過魯迅先生故鄉紹興的作家艾蕪說，由於製酒等原因，紹興從來就是缺糧的地方，平均每年總有三四個月的糧食要由外地支援。但是，現在紹興已變為餘糧縣。」

這關於故鄉的好消息，是值得歡迎的。但是這裡有一點誤解，說缺糧的一部分原因是因為做酒，是不正確的，須有說明之必要，因為紹興酒是用糯米做的。

我們小時候所常唱的歌謠裡，有兩句是紹興人拿來譏笑醉人的話，說的很得要領，其詞曰：老酒糯米做，吃得變 nyonyo。這末了的字我用了羅馬字，因為實在寫不出，寫了也沒有鉛字。這字從雙口，底下一個典章的典字，收在《康熙字典》的補遺裡，注云「呼豕聲」。這倒有點對的，但云尼邁切，與紹興音讀作尼荷切者迥不相同。紹興話豬玀稱為「nyo 豬」，nyonyo 者親愛之稱也。意思酒醉的人沉醉打呼，與豬無甚區別。

由此看來，老酒之用糯米所做，已無問題，從個人幼年經驗說來，還曾分得做酒用的糯米糰飯吃過，不過老實說來並不高明，因為糯米不甚精白，沒有粽子那麼好吃。至於本為做酒的糰飯，為什麼拿來閒吃的呢，那在當時沒有問明，所以不知道了。

這裡我還知道一件事實，原來那些做酒的糯米，分量著實不少，也並不是紹興本地的出產，全是外地來的。這件事我從一個過去多年在江南這一帶做地方官的朋友聽來，他即使別的話靠不住，在這一點上是不會說誑的。據說做老酒的那種原料，悉由江蘇溧陽運去，抗戰後供應中斷，影響出產。古語有云：「魯酒薄而邯鄲圍。」現在豈不是這話的反證麼？

不過老實說來，這糯米做的老酒並不怎麼引起我的鄉思來，令人懷念的卻是普通有的糯米食。北方點心主要是麵食，南方則是米食，特別是糯米。粽子不必說了，湯糰也罷，麻糍也罷，用的都是糯米粉，還有糕糰鋪大宗物品，也是如此。

這項消耗大約也並不少，僅次於做酒吧，它的供應恐怕也依靠鄰省，因為紹興我不聽說什麼地方出產，走過的地方也不曾看見種有糯米，說來慚愧，實在糯米只是在米店見到過，還不見過整株的糯稻呢！滿口吃著粽子，卻還不知做粽子的米是怎樣的，這實在是城裡人的一種恥辱。

茶湯

我們看古人的作品，對於他們思想感情，大抵都可瞭解，因為雖然有年代間隔，那些知識分子的意見總還可想像得到；唯獨講到他們的生活，我們便大部分不知道，無從想像了。我們看宋朝人的親筆書簡，彷彿覺得相隔不及百年，但事實上有近千年的歷史，這其間生活情形發生變動，有些事缺了記載，便無從稽考了。

最顯著的事例如吃食。從前章太炎先生批評考古學家，他們考了一天星斗，我問他漢朝人吃飯是怎樣的，他們能說出麼？這當然是困難的事，漢朝人的吃食方法無法可考，但是宋朝，因為在歷史博物館有老百姓家裡的一張板桌，一把一字椅，曾經在巨鹿出土，保存在那裡，我們可以知道是用桌椅的了；又有些家用碗碟，可以推想食桌的情形。

但是吃些什麼呢？查書去無書可查，一般筆記因為記錄日常雜事嫌它煩瑣，所以記的極少，往往有些食品到底不知是怎樣的，這是一個很大的缺恨。現在我們收小範圍，只就一兩件事，與現今可以發生聯繫的，來談一下吧。

《水滸傳》裡的王婆開著茶坊，但是看她不大賣泡茶，她請西門慶喝的有「梅湯」，和不知是什麼的「和合湯」，看下文西門慶說：「放甜些」，可知是甜的東西，末了點兩盞「薑湯」了。後來她招待武大娘子，「濃濃地點道茶，撒上些白松子胡桃肉」，那末也不是清茶了，卻是一種好喝的什麼湯了。

這裡恰好叫我想起北京市上的所謂「茶湯」了。這乃是一種什麼麵粉，加糖和水調了，再加開水滾了吃，彷彿是藕粉模樣，小孩們很喜歡喝。此外有「杏仁茶」和「牛骨髓茶」，也與這相像，不過那是別有名堂，不是混稱茶湯了。

我看見這種「茶湯」，才想到王婆撒上些白松子胡桃肉的，大約是這一類的茶了。茶葉雖然起於六朝，唐人已很愛喝，但這還是一種奢侈品，不曾通行民間，我看《水滸傳》沒有寫到吃茶或用茶招待人的，不過沿用茶這名稱指那些飲料而已。

據這個例子，假如筆記上多記這些煩瑣的事物，我們還可根據了與現有的風俗比較，說不定能夠明白一點過去。現在的材料只有小說，而小說頂古舊也不能過宋朝，那末對於漢朝的吃食，沒有方法去知道的了。

南北的點心

中國地大物博，風俗與土產隨地各有不同，因為一直缺少人紀錄，有許多值得也是應該知道的事物，我們至今不能知道清楚，特別是關於衣食住的事項。我這裡只就點心這個題目，依據淺陋所知，來說幾句話，希望拋磚引玉，有旅行既廣，遊歷又多的同志們，從各方面來報導出來，對於愛鄉愛國的教育，或者也不無小補吧。

我是浙江東部人，可是在北京住了將近四十年，因此南腔北調，對於南北情形都知道一點，卻沒有深厚的瞭解。據我的觀察來說，中國南北兩路的點心，根本性質上有一個很大的區別，簡單的下一句斷語，北方的點心是常食的性質，南方的則是閒食。

我們只看北京人家做餃子餛飩麵總是十分茁實，餡決不考究；面用芝麻醬拌，最好也只是炸醬；饅頭全是實心。本來是代飯用的，只要吃飽就好，所以並不求精。若是回過來走到東安市場，往五芳齋去叫了來吃，儘管是同樣名稱，做法便大不一樣，別說蟹黃包子，雞肉餛飩，就是一碗三鮮湯麵，也是精細鮮美的，可是有一層，這絕不可能吃飽當飯，一則因為價錢比較貴，二則昔時無此習慣。

抗戰以後上海也有陽春麵，可以當飯了，但那是新時代的產物，在老輩看來，是不大可以為訓的。我母親如果在世，已有一百歲了，她生前便是絕對不承認點心可以當飯的，有時生點小毛病，不喜吃大米飯，隨叫家裡做點餛飩或麵來充饑，即使一天裡仍然吃過三回，她卻總說今天胃口不開，因為吃不下飯去，因此可以證明那餛飩和麵都不能算是飯。

這種論斷，雖然有點兒近於武斷，但也可以說是有客觀的佐證，因為南方的點心是閒食，做法也是趨於精細鮮美，不取茁實一路的。上文五芳齋固然是很好的例子，我還可以再舉出南方做烙餅的方法來，更為具體，也有意思。

我們故鄉是在錢塘江的東岸，那裡不常吃麵食，可是有烙餅這物事。這裡要注意的，是烙不讀作老字音，乃是「洛」字入聲，又名為山東餅，這證明原來是模仿大餅而作的，但是烙法卻大不相同了。

鄉間賣餛飩麵和饅頭都分別有專門的店鋪，唯獨這烙餅只有攤，而且也不是每天都有，這要等待那裡有社戲，才有幾個擺在戲臺附近，供看戲的人買吃，價格是每個制錢三文，計油條價二文，蔥醬和餅只要一文罷了。做法是先將原本兩折的油條扯開，改作三折，在熬盤上烤焦，同時在預先做好的直徑約二寸，厚約一分的圓餅上，滿搽紅醬和辣醬，撒上蔥花，捲在油條外面，再烤一下，就做成了。

它的特色是油條加蔥醬烤過，香辣好吃，那所謂餅只是包裹油條的東西，乃是客而非主，拿來與北方原來的大餅相比，厚大如茶盤，捲上黃醬大蔥，大嚼一張，可供一飽，這裡便顯出很大的不同來了。

上邊所說的點心偏於麵食一方面，這在北方本來不算是閒食吧。此外還有一類乾點心，北京稱為餑餑，這才當作閒食，大概與南方則無什麼差別。但是這裡也有一點不同，據我的考察，北方的點心歷史古，南方的歷史新，古者可能還有唐宋遺制，新的只是明朝中葉吧。點心鋪招牌上有常用的兩句話，我想借來用在這裡，似乎也還適當，北方可以稱為「官禮茶食」，南方則是「嘉湖細點」。

我們這裡且來作一點煩瑣的考證，可以多少明白這時代的先後。查清顧張思的《土風錄》卷六，點心條下云：「小食曰點心，見吳曾《漫錄》。唐鄭傪為江淮留後，家人備夫人晨饌，夫人謂其弟曰：『治妝未畢，我未及餐，爾且可點心。』俄而女僕請備夫人點心，傪詬曰：『適已點心，今何得又請！』」由此可知點心古時即是晨饌。

同書又引周輝《北轅錄》云：「洗漱冠櫛畢，點心已至。」後文說明點心中饅頭餛飩包子等，可知是說的水點心，在唐朝已有此名了。

茶食一名，據《土風錄》云：「乾點心曰茶食，見宇文懋昭《金志》：『婿先期拜門，以酒饌往，酒三行，進大軟脂小軟脂，如中國寒具，又進蜜糕，人各一盤，曰茶食。』《北轅錄》云：金國宴南使，未行酒，先設茶筵，進茶一盞，謂之茶食。」

茶食是喝茶時所吃的，與小食不同，大軟脂，大抵有如蜜麻花，蜜糕則明係蜜餞之類了。從文獻上看來，點心與茶食兩者原有區別，性質也就不同，但是後來早已混同了，本文中也就混用，那招牌上的話也只是利用現代文句，茶食與細點作同意語看，用不著再分析了。

我初到北京來的時候，隨便在餑餑鋪買點東西吃，覺得不大滿意，曾經埋怨過這個古都市，積聚了千年以上的文化歷史，怎麼沒有做出些好吃的點心來。

老實說，北京的大八件小八件，儘管名稱不同，吃起來不免單調，正和五芳齋的前例一樣，東安市場內的稻香春所做南式茶食，並不齊備，但比起來也顯得花樣要多些了。過去時代，皇帝向在京裡，他的享受當然是很豪華的，卻也並不曾創造出什麼來，北海公園內舊有「仿膳」，是前清膳房的做法，所做小點心，看來也是平常，只是做得小巧一點而已。

南方茶食中有些東西，是小時候熟悉的，在北京都沒有，也就感覺不滿足，例如糖類的酥糖，麻片糖，寸金糖，片類的雲片糕，椒桃片，松仁片，軟糕類的松子糕，棗子糕，蜜仁糕，桔紅糕等。此外有纏類，如松仁纏，梽桃纏，乃是在乾果上包糖，算是上品茶食，其實倒並不怎麼好吃。

南北點心粗細不同，我早已注意到了，但這是怎麼一個系統，為什麼有這差異？那我也沒有法子去查考，因為孤陋寡聞，而且關於點心的文獻，實在也不知道有什麼書籍。但是事有湊巧，不記得是那一年，或者什麼原因了，總之見到幾件北京的舊式點心，平常不大碰見，樣式有點別致的，這使我忽然大悟，心想這豈不是在故鄉見慣的「官禮茶食」麼？

故鄉舊式結婚後，照例要給親戚本家分「喜果」，一種是乾果，計核桃，棗子，松子，榛子，講究的加荔枝，桂圓。又一種是乾點心，記不清它的名字。查范寅《越諺》飲食門下，記有金棗和瓏纏豆兩種，此外我還記得有佛手酥，菊花酥和蛋黃酥等三種。這種東西，平時不易銷，店鋪裡也不常備，要結婚人家訂購才有，樣子雖然不差，但材料不大考究，即使是可以吃得的佛手酥，也總不及紅綾餅或梁湖月餅，所以喜果送來，只供小孩們胡亂吃一陣，大人是不去染指的。

可是這類喜果卻大抵與北京的一樣，而且結婚時節非得使用不可。雲片糕等雖是比較要好，卻是決不使用的。這是什麼理由？這一類點心是中國舊有的，歷代相承，使用於結婚儀式。一方面時勢轉變，點心上發生了新品種，然而一切儀式都是守舊的，不輕易容許改變，因此即使是送人的喜果，也有一定的規矩，要定做現今市上不通行了的物品來使用。同是一類茶食，在甲地尚在通行，在乙地已出了新的品種，只留著用於「官禮」，這便是南北點心情形不同的緣因了。

上文只說得「官禮茶食」，是舊式的點心，至今流傳於北方。至於南方點心的來源，那還得另行說明。「嘉湖細點」這四個字，本是招牌和仿單上的口頭禪，現在正好借用過來，說明細點的來源。因為據我的瞭解，那時期當為前明中葉，而地點則是東吳西浙，嘉興湖州正是代表地方。我沒有文書上的資料，來證明那時吳中飲食豐盛奢華的情形，但以近代蘇州飲食風靡南方的事情來作比，這裡有點類似。

明朝自永樂以來，政府雖是設在北京，但文化中心一直還是在江南一帶。那裡官紳富豪生活奢侈，茶食一類就發達起來。就是水點心，在北方作為常食的，也改做得特別精美，成為以賞味為目的的閒食了。

這南北兩樣的區別，在點心上存在得很久，這裡固然有風俗習慣的關係，一時不易改變；但在「百花齊放」的今日，這至少該得有一種進展了吧。其實這區別不在於質而只是量的問題，換一句話即是做法的一點不同而已。

我們前面說過，家庭的雞蛋炸醬麵與五芳齋的三鮮湯麵，固然是一例。此外則有大塊粗製的窩窩頭，與「仿膳」的一碟十個的小窩窩頭，也正是一樣的變化。北京市上有一種愛窩窩，以江米煮飯搗爛（即是糍粑）為皮，中裹糖餡，如元宵大小。

李光庭在《鄉言解頤》中說明它的起源云：相傳明世中宮有嗜之者，因名曰御愛窩窩，今但曰愛而已。這裡便是一個例證，在明清兩朝裡，窩窩頭一件食品，便發生了兩個變化了。

本來常食閒食，都有一定習慣，不易輕輕更變，在各處都一樣是閒食的乾點心則無妨改良一點做法，做得比較精美，在人民生活水準日益提高的現在，這也未始不是切合實際的事情吧。國內各地方，都富有不少有特色的點心，就只因為地域所限，外邊人不能知道，我希望將來不但有人多多報導，而且還同土產果品一樣，陸續輸到外邊來，增加人民的口福。

桃子

植物中間說到桃樹，似乎誰都喜歡。第一便記起《詩經》裡的「桃之夭夭」，一直到後來滑稽化了，作為逃走的一種說法。《詩經》裡原來說，「桃之夭夭，灼灼其華」，又云「其葉蓁蓁」，末了云「有蕡其實」，可見花葉實都說到的，但後來似乎只著重在結的桃子了。

在果子中間，最為人所喜歡的，只有這桃子，我們只看小孩兒和猴子，在圖畫裡都是捧著一個桃子，卻不是什麼蘋果和梨，這就可以知道了。

講到桃子的味道，的確似在百果之上，別的不說，它有特別一種鮮味，是他種果品所沒有的。水蜜桃在桃類不算頂好，因為那種甜美還是平常。記得小的時候吃過什麼夏白桃，大個白裡帶紅，它特別有一種爽口的鮮甜味，是桃子所特有的，這令我至今不能忘記。還有一種扁形的，鄉下叫它做蟠桃，也有特殊的風味。說到蟠桃，不知那種傳說是怎麼來的，說九千年結實，吃了可以長生不老，但也可見古人對於桃子的重看了。

陶淵明作《桃花源記》，雖說實有其地，歷敘年代地方，但後世的人讀了，彷彿有一股仙氣。他寫景色，「忽逢桃花林，夾岸數百步，中無雜樹，芳草鮮美，落英繽紛」，特別的出力，也是講桃花的，蓋非偶然。

第三卷　龍獸集

蝙蝠和貓頭鷹

一

有些生物因為天生相貌不好，被人嫌惡，往往遇見無妄之災，雖然牠本性本來是很好的，或者還於人類有益。在這些中間，最好的例子便是蝙蝠。

蝙蝠過去在中國有很好的幸運，可是近來卻轉了惡運了。因為牠的名字與「福」字同音的關係，所以用作吉祥的象徵，圖案上多畫五隻蝙蝠，取「五福」的意思，這是除了龜鶴以外，為生物稀有的光榮。但是自從《伊索寓言》進入了中國以後，牠的名譽便變壞了。

西洋傳說，鳥獸之間開戰的時候，牠左右推託，說有毛不是鳥，能飛不是獸，兩邊都不參加，成為典型的騎牆派。從蝙蝠的形態來說，這故事說得很巧妙，可是如要當作事實，這卻是不確實的。蝙蝠的相貌雖是難看，但是這譬喻卻未免有損牠的名譽；正如寓言裡的《蟬與螞蟻》說蟬的懶惰一樣，這與中國詩人說牠「高潔」，都是不講事實的一面之詞罷了。

同時蝙蝠又有「仙鼠」的異名，俗說乃是老鼠偷油（一說偷鹽）吃了所化，所以在最近更遇見了一件意想不到的厄運，便是有些人把它算在「四害」之內，當做變相老鼠看待，看見一個打一個。小孩子本來好打蝙蝠，在黃昏時候蝙蝠出現，到處紛飛，吃食飛蟲，便多用柔軟的枝條呼呼的向空中揮舞，蝙蝠的肉翅稍為觸著，即受傷墜落。

其實蝙蝠並不是老鼠一類，更不是牠變化出來的，而且現在要講除四害，更非保護牠不可，因為蝙蝠是益獸，專門吃各種蟲豸的，牠食量又非常大，張著嘴飛舞著，不知道飛一轉要吃下多少蚊子蒼蠅去。自然牠如在北京上海，沒有蠅蚊的城市，也沒有多少用處，但在別處地方還是有益的。說應當保護，也沒有多少什麼別的麻煩，只要把牠看作燕子一樣的東西，任其飛來飛去便好了。

二

還有一種別的生物，為人所誤解，情形比蝙蝠更為嚴重，這便是貓頭鷹。第一因為牠樣子難看，叫聲不好聽，受到人家的厭惡。牠因夜間出來的緣故，所以眼睛有一種特別的構造，眼珠大了，頭也不能不加大，這是所以成為「貓頭」的原因。

禿鷲大鷹，儘管有不好看的嘴臉，但這貓臉的鳥總要算第一難看了。牠的叫聲也有多樣，都不討人喜歡，有一種叫法，宛如叫「掘汪掘汪」似的，從前有些鄉下人覺得牠是叫「掘坑」，準備下葬，因此聽牠叫聲，便疑是不祥之兆。這只是出於迷信，倒也罷了，迷信一旦解除，就沒有事了。

第二是起於古來傳說的。這便是說貓頭鷹是不孝鳥，牠大了要吃母親；而且學者更加附會，說梟首示眾的字即取梟字的本義。這裡便把文字說錯了，梟首的本字乃是州縣的縣字的左半，篆文是「首」字倒寫，梟鳥的字實只是同音借用，這是文字上的證據。

再說生物學上的證據，貓頭鷹專吃麻雀老鼠等小動物，牠的習勢是囫圇整個吞下去的，到胃裡消化了之後，再把毛骨等作團吐了出來，因此牠是不會得啄食的。所以貓頭鷹如要食母，必須把老貓頭鷹整個吞下肚去才行，這是無論如何做不到的事，許多年前，在鄉下住家，得到一隻小貓頭鷹，關在籠裡加以豢養，當時因為不知道牠的習性，是要吞吃皮骨的，而且也沒法子去捉這些老鼠來餵牠，只好買豬肉給牠吃，結果卻叫牠害腳氣病而死了。

這是我自己的經驗，經過實驗來的，所以覺得很是可靠。

上文專為貓頭鷹闢謠，這裡還要給牠說些好話，因為牠是不折不扣的益鳥，是人類的朋友。有一個德國的博物學者，曾經檢查過貓頭鷹所吐出的七百零六個毛團裡，查出有二千五百二十五個大鼠，鼷鼠，田鼠，臭老鼠和蝙蝠的殘骨，此外只有二十二個小鳥的屑片，大抵還是麻雀。一個人如捕殺二千五百個老鼠，夠得上稱為捕鼠能手了，這裡貓頭鷹卻默默的做了，豈不更可佩服麼？我們在城市住的人，難得遇見貓頭鷹的機會，但願鄉村住民加以保護，記住牠是益鳥，不加以迫害，那就好了。

麟鳳龜龍

麟鳳龜龍，自昔稱為四靈，算作祥瑞。其中只有烏龜還是存在，蠢然一物，看不出什麼靈氣。麒麟這東西見於「西狩獲麟」的歷史，可見事實上有過這種動物，而且望文生義的解說下去，可以說牠是「鹿」之一種，那麼日本動物學者稱「長頸鹿」為麒麟，似乎有了根據了。

麟的出現雖是祥瑞，但牠本身並沒有怪異的成分，那麼牠也只是像赤烏白鹿之類，稀見難得罷了。長頸鹿現在產於非洲，這一類動物的化石在我國曾有發見，其歷史也相當古老。

鳳凰是什麼鳥，現在不容易解決。鳳字古文就是「朋」字，係是象形，像牠羽毛豐盛之貌。《山海經》上也只說：「丹穴山鳥狀如鶴，五彩而文，名曰鳳」，無非說牠毛色好看而已，也沒有什麼神異。

牠大約是一種羽毛非常豔麗的鳥類，有如孔雀之屬，因為不容易看見，所以後人更錦上添花的加以形容。

其中有兩樣乃係外來影響，不可不加區別。其一是《西遊記》裡的大鵬鳥，鵬字雖可作為鳳之別體，但釋迦如來的大鵬乃是佛經「金翅鳥」的變相。其二是依據西洋古代的傳說，有這麼一種神鳥，牠生活五百年，隨後自己收集香木焚身，再從灰燼中產生出一隻小鳥來。這鳥一點都無與鳳凰共同之處，只因名為福尼克斯，被人拿與鳳凰的典故接連，故有「鳳凰轉身」的頌歌，也有人的名字由小鳳改成「新鳳」。

說也奇怪，四靈的傳說雖然早已沒有勢力，但這龍與麟鳳的字面卻一直通用著，還多於姓名方面；這裡除掉龜字，牠在南宋總還有的，如陸放翁自稱龜堂，所以世傳自元朝起開始忌諱，或者是的。

現在還有一條龍，須要研究，這事或者比較麻煩也未可知，因為牠的性質複雜，有兩個來源。其一牠也是實有的，古代有過記載，這乃是一種爬蟲類動物。《左傳》：晉史臣蔡墨回答魏獻子說，古代的人有懂得豢龍的，夏朝孔甲時代有龍四條，雌雄各二，有劉累學得養龍的方法，由他照管。後來一條雌龍死了，劉累醃了送給孔甲去吃，很是好吃，要叫劉累去找，他怕找不到，所以逃了去了。這樣看來，可以知道牠並不神異，只是很難得的一種動物罷了。

其次說牠是神物，會得興雲下雨，因此有龍王爺的信仰。這是本國的。到了唐朝受了佛教影響，龍王也從原來的「畜生道」升為天上，又加添了龍女，是理想的女人，加以描寫，以後把龍宮的內容寫成天堂了。其實龍的本相乃是大蛇，佛經說牠不脫三苦，說牠睡時現形為蛇，又說雖食百味，末後一口化為蝦蟆，這是說得很巧妙的。

四靈之中，麟鳳龜三者都沒有神化，唯獨龍有這樣的幸運，這是很奇怪的。一條爬蟲有著牛頭似的一個頭，事實上是不可能，但經過藝術化，把怪異與美結合在一起，比單雕塑一個牛馬的頭更好看，是難得的事情。圖畫上的水墨龍也很好看，所以龍在美術上的生命，比那四靈之三要長得多多了。

烏鴉與鸚鵡

古人觀察事物，常有粗枝大葉的地方，往往留下錯誤，這樣地方後人當糾察補正，不宜隨和敷衍，繼承下去。舉一個例，如自然物之倫理化便是。

第一是自然中之無生物，不過近似譬喻罷了，也還沒有什麼，如《老子》中說，「疾風不終朝，暴雨不終日，天地尚不能久，而況於人乎？」第二是生物，這便很成為問題，因為人類的倫理關係不是生物界所有的。最顯著的兩個例，是羔羊跪乳與烏鴉反哺。

這兩句話已經成了口頭禪，常聽見人說，其實卻是錯誤的，因為與事實不符。我們的確看見，小羊吃奶的時候把兩隻腿折了跪下來，但是這裡跪的意義很不相同。即是人們把跪拜看作很嚴重的事，乃是人類歷史上的近事，羔羊是不會有這種觀念的，所以牠的折腿完全為的自己的方便，不關道德事的。

還有那烏鴉，窠在高樹上，很難看得清楚，但是燕子在人家簷下或是堂前做窠，可以看得明白，母燕銜了蟲類回窠的時候，小燕子都昂著頭，張著嘴，等候哺食，有時小燕的嘴便直伸入母燕的口中去，在頭腦混沌的書生見了，可能把牠們的關係顛倒了，認為小燕是在反哺哩。生物的生活規則是為謀種族生存，以求得個體的生存為本，所以在人類以外的動物社會裡，倫理第一原則是「子為母綱」，到得知道父母子女相互的關係，規定兩方面有互相供養的義務，那是人類特有的倫理，在羊和烏鴉之間是還未曾發現的。

還有，以為動物與人類有同樣的理智，所以有同樣的技能，這也是錯誤的。語言是人所特有的一種技能，如今說動物也有，便是幻想，如猩猩及鸚鵡等是。動物園裡的黑猩猩雖然能吃大菜，抽雪茄煙種種技藝，卻不能說話，這有事實證明。

鸚鵡和八哥能夠模仿人的說話，這是事實，但牠也是模仿為止，不能瞭解牠的意義，來和人對話。中國筆記和小說裡說牠們懂人講話，同人一個樣子，那是沒有根據的。唐人宮怨詩云：「含情欲說宮中事，鸚鵡前頭不敢言。」

今人題畫，五色鸚鵡上題句云：「汝好說是非，有話不在汝前頭說。」都是不合事實。但唐朝人做詩尚可，若作普通道理，則講不過去，畫也只能當作諷刺畫看。

蛇

人因為很厭惡蛇，所以忌諱說牠，稱之曰長蟲。這有如唐宋人說老虎，改稱牠作大蟲。

本來是由於唐朝的避諱，但宋朝以後的小說上也都沿用，這個理由以色列人有很好的說明，便是夏娃的走出樂園，由於她聽了蛇的話，吃了「智慧的果實」，睜開了眼睛，知道自己是裸體，因此上帝罰那蛇永遠與女人成了仇敵，而且用肚皮走路，便是從此成為爬蟲了。

據他們所說看來，那末蛇在被罰以前，不是那個情狀了。究竟是如何樣子？《聖經》上沒有說。據我的推測，在有人類以來，蛇的尊容可能一直沒有多少變化，牠之令人厭惡，大約由於牠的來源的久遠。

現存生物中來源久遠的，有烏龜與鱷魚，雖然兩者性情不同，那一副古老的相貌著實令人不能親近。蛇沒有那末古老，但是牠也是那一路，先天的引起人的反感。這自然也因為有的有毒，若都像壁虎一樣，不會咬人，我們也會用手抓牠，並不避忌了。

可是我們對於長蟲，一面嫌忌，一面也很感到趣味，這是很特別的。我們一查典故書，關於「蛇」這一門，記載特別豐富，有些真的有毒的蝮蛇，已經夠新鮮了，什麼「灰蝮」，「狗屎蝮」，「雉雞蝮」，都很毒的。有些不很真的卻更有趣味。譬如像木杵一樣，倒掉而行的什麼蛇；像一顆圓球似的「彈子蛇」；此外還有魯迅聽阿長講的「美女蛇」。

《山海經》說南方有神曰延維，人首蛇身衣紫衣，大為做《山海經釋義》的王崇慶所譏笑，不知這紫衣是如何著法。美女蛇不說穿有衣服，豈非正是延維一類乎？普通人嫌惡長蟲，有地方又特別愛好而且喜歡吃牠。據說廣州以蛇為珍饈，有的講究吃三條一套，有的加貓稱為龍虎，有的加雞便算龍鳳，聽說還有種種吃法。不過想起來也並不奇怪，蛇也是鰻一樣的東西，只是有些有毒而已。而牠的毒原是藏在毒囊中，不注入人的血管裡去，是沒有什麼妨礙的。人們連河豚也要烹食，除去蛇的毒囊來充饌，說來是應該的了。

講起蛇的事情，臨了不能不說到印度，因為在那裡蛇最有名，其中的眼鏡蛇更是無人不知的。聽說有這麼一回事，有人開宴會，席上談論到勇氣的問題，是男人還是女人最有勇氣，結果似乎都說是男人。在這時候，忽聽女主人鎮定的叫用人拿一盤牛奶來。在印度人都知道，叫拿牛奶是意味著屋裡有毒蛇，要用這誘牠出來，好除滅牠。牛奶來了，果然一條眼鏡蛇從桌下爬了出來，傭人們很快的收拾了。人們問女主人怎麼知道有蛇在屋裡，她說牠正纏住了她的足踝了呢！經這個事實證明，誰最有勇氣又得了一個新的結論了。

揚子鰐

鱷魚之最早見於中國文獻，是為《詩經》，「鼉鼓逢逢」，是說用鱷魚皮冒的鼓。鱷亦稱鼉，俗稱豬婆龍的便是。其後唐朝《嶺表錄異》記載得很詳細，說身土黃色，四足修尾，其大如船，喙長半身，牙如鋸齒。但是最有名的，也最是靠不住的，要算韓愈的《祭鱷魚文》那一段故事了。這事本末具載《宣室志》中，本來是老虎出境，蝗蟲出境一類的故事，造出來恭維長官的，只因為他自己寫了那一篇祭文，後世所以知道的多了。

世界上鱷魚大要可分兩種，非洲的叫克洛科提魯斯，美洲的叫阿利伽多耳，原義都是說壁虎，不過一是希臘語，一是西班牙語罷了。鱷魚與蛇和烏龜都是大洪水以前的生物，年代既老，形狀格外地不好看，那頭就有半個身子大，張開嘴來，喉嚨就同肚皮一樣寬，什麼東西都吞得下去。

非洲鱷魚最有名的是尼羅河的，長可二丈三尺，亞洲印度的居其次，長約二丈，但是在孟加拉灣至澳洲一帶卻有極大的鱷魚，有過三丈二尺的記錄。牠的壽命很長。普通兩丈長的大抵壽已兩百歲，牠照常還有八百年可以活下去。牠有六十八個牙齒，互相交錯，咬力極強，咬得斷人的大腿骨。隔得遠一點的地方用尾巴打，無論人畜都禁受不住。

牠的消化力也異常強大，正在吞吃人的鱷魚，剖開肚子來看，人的下半身還在喉間，吞下的上半身已經骨頭都融化了。鱷魚性很機警，在岸上略一驚動，便爬下水，據獵人說，牠同鹿一樣的不容易打。但是非洲本地人有土法子可以捉牠，最古的是古希臘希羅多德《史記》上所記的釣法。

據說釣的人拿一塊豬的背肉掛在鉤上，放到河中間去，帶著一隻小豬打起來，鱷魚聽聲跑來，碰著豬肉吞了下去，於是大家把繩拉了起來。可是現在非洲的阿拉伯人用的一種方法，卻更是巧妙，而且刻毒，但是用在這人人痛恨的鱷魚上，誰也不覺得有什麼不對了。用一副彈簧，裝在什麼小動物的死體裡面，丟下水去。鱷魚吞了下去，肉塊消化之後，彈簧立即散了開來，撐住牠的肚子，於是就被慢慢的拖到岸上去，用矛子刺死。阿拉伯人獵取牠，一部分的理由是報仇，又一部分也想吃牠的肉。

以上所講是普通鱷魚的情形，中國的揚子鰐並不如此兇惡。牠生長在長江中部，沿江的安徽屬地方常有人捉到。也不甚希罕，名稱仍是鱷魚，北京動物園現有幾匹，標名「揚子鰐」。這是阿利伽多耳的一屬，身長幾尺，不會吃人，牠的食料大抵只是魚類，或者是小動物。

鱷魚本來是熱帶的生物，長江氣候不甚適宜，或者因此不能長得很大。廣東本來也產，後來卻沒有了，不知道是什麼緣故。潮州的鱷魚，據《嶺表錄異》所記，在唐朝果真存在，經刺史一驅逐，難道當真搬了家了麼？我們讀古文的人，未必相信吧，因為鱷魚是不能懂得漢文的。

人熊

人熊這東西，在動物學上找不到，但是在中國的民間故事上，我記得曾經說到過。小時候聽人講過，有旅人遇人熊驅羊群來，被迫與羊群同行，來到人熊的住處。人熊取一人殺食，醉而熟睡（據說人熊吃人就醉），餘一旅人即取木椿燒紅，刺入人熊眼中，兩眼遂盲。人熊至曉，開門放羊，一一撫其背而後放出，此人急取羊皮，偽裝為羊，伏行得逃出云。

這個故事，我後來彷彿在清人筆記裡看到，記得是《三異筆談》，但查此書卻無其事，當是別的書了，人熊之名記不清它的出處了，總之是指人樣的動物，有地方也稱牠為「狒狒」，是一種很可怕的東西，與猩猩有點相像。

文獻上查考類似的故事，最早的要算希臘，在史詩《奧特賽》中，英雄奧突修斯講他的冒險旅行，他和幾個同伴遇見一個巨人，只有一隻圓的眼睛在額上，稱為「圓目巨人」。他把他們趕進羊群之內，回到家裡，吃了兩個人，奧突修斯拿出蒲桃酒來給巨人吃，巨人很是滿意。問他什麼名字，他答說叫「無人」，巨人便應許他留在最後再吃。

奧突修斯乘巨人醉臥之後，把他眼睛刺瞎。巨人大叫起來，鄰近巨人都出來，問什麼事，答說他眼睛給「無人」弄瞎了。鄰人說，無人弄瞎，那是自作自受吧，都各自回去。奧突修斯等假裝著羊逃走了。

希臘紀元前五世紀還有一本喜劇，名叫「圓目巨人」，流傳下來。所以這故事相當有名，在阿拉伯故事書《一千零一夜》中，辛巴特故事第三篇也有同樣的事，只是要簡單得多。其餘各地傳流大同小異的故事，總共有三十多篇，但是向來不曾找到中國的傳說。我這所說的正可以補這個缺，但是來源不可查考，我想這條路或者從《一千零一夜》而來，因為它的故事流通得廣遠，輾轉傳說，所以離原本也愈加遠了。

各本傳說，都說是巨人或是一種怪物，但是懂得人話的。中國獨說是人熊，似乎是後來的改正說法，因為怪物不近理，所以說是獸了。但其實這是不公平的，因為空想中可以有巨人，無論什麼神異，都是許可的。但動物界中卻有限制，類人巨猿樣子雖是可怕，卻是不吃人的。說是熊類，那也不是肉食的吧，所以我懷疑是後來改變的。但是，本來是故事，關於這些也過事認真，也似乎可以不必了。

猩猩的故事

要講猩猩的故事，也實在多得很。牠能夠騎自行車，能夠像紳士似的坐在大餐桌上吃冰激淩，此外還有些好把戲，就只差一點牠不會說話。我現在便要來講牠說話的故事。

我們過去讀經書，在《禮記》裡便讀到牠的事，「鸚鵡能言，不離飛鳥，猩猩能言，不離禽獸。」這說牠是像人一樣的能言，不過儘管如此，牠還是不能算是人罷了。

後來人們增廣附會，便愈加像「煞有介事」了，在清初出版的《照世杯》中，《走安南玉馬換猩絨》一篇裡有很好的描寫。他說猩猩的臉是人面，身子卻像豬，又有些像猿，性喜吃酒，又好著高木屐。捕牠的人於路旁埋伏，放下濃酒及高屐。猩猩初見那酒，也不肯就飲，罵道：「奴輩設計張我，要害我性命，我輩偏不吃這酒，看他有甚法兒奈何我！」遂相引而去。

遲了一會，又來罵一陣，在酒邊走來走去，隨後對同伴道：「我們略嘗一嘗酒的滋味，不要吃醉好了。」大家齊來嘗酒，不覺吃得酩酊大醉，見了高木屐，各各歡喜，著在腳下，還一面罵道：「奴輩要害我，將酒灌我們，我們卻思量不肯吃醉了，看他有甚法兒奈何我！」

捕猩猩的人追上前來，遂盡捕獲。看他這描寫活靈活現，的確不愧為一篇好作品。又或當它作一段譬喻，諷刺好吃醉而終於上當的人，倒也是很好的。若要當事實去講，那麼我們對證牠們本家活猩猩的行動，可惜都是不可靠的了。猩猩的血可以染絳，恐怕也沒有科學的證明，雖然傳染病有「猩紅熱」，但那只是一種成語，說鮮紅的顏色而已。到了現今，能說話的鳥獸都被證明是啞巴了，不，叫是能叫的，作出種種聲音，不過不能人一樣說話罷了。

鸚鵡以及八哥等鳥，善於學習別種動物的叫聲，有時候也能學一兩句人的聲音，那是真的。但鸚鵡八哥的學人話，原只是聲音相像，未必真是懂得意思，能夠問答對話，因此有些故事裡所傳述的美談，如說八哥叫窮人賣牠給富家小姐，隨後又脫身逃回，就都等於狐鬼故事的不可信憑了。

只有唐朝陸龜蒙有一段故事，說一個闊太監路過他的住處，看見他的一隻花鴨，用彈丸打得。陸龜蒙聽了不答應，說這鴨正在教牠說話，要去獻給皇帝的，太監大窘，賠償一筆款項，才算了事。後來他問主人，這鴨到底能說什麼話呢？對曰，學了不久，剛才學會能自己叫名字而已。鴨鳴呷呷，能自呼其名，這才真是能言呀！

犀牛

犀牛來到北京動物園了，因為這是珍客，訪問的人特別多，犀牛與象及河馬，都是厚皮動物，是古生物的近親，所以樣子都生得有點古怪，是值得一看的。不過看活的犀牛，有一件事要注意。牠撒尿撒得極遠，一不小心會得澆上一身的。犀牛不比河馬，牠在中國載籍上往往常見，和象相提並論，牠們一個有角，一個有牙，都是珍貴的東西，河馬便相形見絀了。

我們最是記得的，也是一種較早的記載，那是《左傳》裡一首歌謠。宋國華元去伐鄭國，被俘逃回，出來巡視築城，築城的工人做了一首順口溜來諷刺他道：

睅其目，皤其腹，棄甲而復！

於思於思，棄甲復來！

華元聽了，叫驂乘者答歌道：

牛則有皮，犀兕尚多！

棄甲則那！

築城者再作轉語道：

縱其有皮，丹漆若何？

這歌的滑稽還在其次，我們覺得重要的，乃是古人取犀兕的皮做甲冑這一件事。在用弓箭的時代這很有用，但是傳說犀牛的皮能夠抵抗槍彈，卻是假的。據說從前有一個英國兵士，親自在印度德里試驗過，他用來福槍擊一隻犀牛，卻一下子倒了下來，這使他大吃一驚，可是使他更吃驚的，後來他的團隊卻因此出了一千鎊做賠償。所以犀牛皮做甲冑這事，也因用了火藥而結束了。

犀牛的見重於世，還有一件便因為牠的角，這是能夠「解諸毒藥」，如《抱朴子》所說。一支犀角在許多年前要賣一百英鎊，據一九二九年紀錄，在一年裡約有一千多隻犀牛被捕殺，就只為供給中國的需要。

這種迷信據說在某種阿拉伯人的部落也有，以為持有犀角所做的酒杯，可以免於被人酒裡下毒。中國現存也多是犀角杯，原因亦是為此，但在現代這已經沒有必要了。免除這個迷信，一年中可以保存不少隻犀牛，在現今這種動物不很多的時候，似乎也是好事。至於入藥用的問題，因為不懂這種特殊的藥性，所以姑且保留，不來多說了。

象在動物園中向來就多有，犀牛這回也來了，就只差一種河馬，希望牠也能夠光臨，使得動物園更熱鬧一點。

關於河馬

河馬對於我們是有點陌生的，不但我們難得看見河馬的面，就是在中國過去書本上，也不能時常碰見的，牠的名稱雖然是很好的中國語，一點都不覺得生硬，考究起來乃是完全外來的，意思是說「河裡的馬」。

但是說也奇怪，當時給牠起這名字的希臘人雖說牠是「馬」，而實在牠乃是豬的一屬，只看牠的身樣和蹄爪就可知道了。據說牠身高五尺，長達一丈六尺，連那條小尾巴計算在內，重約四噸。這與犀象同是龐然大物，全世界無與倫比。可是牠們天性素食，只以植物性的東西為食，有人說假如牠們是肉食動物，那可要不得了。

河馬係水陸兩便的動物，在陸地比較不大方便，跑起來也有人那麼快，但是到了水裡，那是牠自由的天地了。牠的耳朵鼻子生得很特別，可以關閉起來，不會進水，又都生在頭的上方。眼睛鼓出，全身沒在水裡，可以露出水面。牠又會在河底奔走。河馬的食物是水草，牠的食量很可觀，據說河馬的胃長約十一尺，可以裝得下一石二三斗的東西下去。

河馬的用處是很大的。在非洲一帶的河川裡，水草的發生很快，往往阻塞了河道，這便虧得河馬吃草，有疏浚河道之功。而且肉也可以吃用，非洲獵取河馬，用一根木頭撐住牠的大嘴，四腳都用巨繩捆了，正像捆豬一樣。河馬的皮極厚，約可兩寸，可以製作馬鞭或是行杖，這只要依照所需的尺寸切好，乾燥之後，加工做好，看去像是琥珀的樣子。河馬的牙也同象牙一樣有用。我前回說犀象有牙角，河馬相形見絀，是不頂確實的，只是牠不及象牙犀角的常見，但因此也更為珍異了。

河馬在歐洲也不多見，除了羅馬帝國以外，英國倫敦動物園在一八五〇年才得著一隻活的河馬，是從小養大的，其珍貴可想而知了。中國以前恐怕從來沒有來過，因為這要從非洲來，道路非常遼遠的，似乎歷史上也沒有過，所以我在《犀牛》一文中說及一句。但是後來知道這裡有錯誤，因為北京動物園圖上水禽湖的北邊有「河馬館」，可見有河馬了。據說這裡河馬有兩頭，不算很大，上文所說只是最大的概觀罷了。

大蟲及其他

中國向來稱老虎是百獸之王，在《戰國策》裡「狐假虎威」的故事中便已這麼說，後來許慎在《說文解字》裡也解說虎字云：「山獸之君也。」可見由來久矣。但是後來道聽塗說，硬把這頭銜送給了獅子，說「狻猊食虎豹」，這是受了西域的影響；及西洋文學進來，寓言裡往往恭維獅子，自此以後，那百獸之王便由獅子接替了去。

這其實是不公平的，獅子也自有其偉大的地方，但東洋傳統的說法別有真實性，非加以訂正不可。民間故事如「老虎外婆」和「老虎怕漏」，牠都是重要的腳色，這不是獅子所可以替代的，這些都是喜劇，都說牠倒了楣；但正惟其為百獸之王，所以倒楣特別有意思，如果說「熊外婆」或「狼怕漏」，那就沒有什麼意義了。

《水滸傳》裡說武松打虎，最是膾炙人口，也因這是艱巨的工作，不是人人所能做到的。但究竟說書的人沒有經驗，說的不能確切。第二十七回云：「原來那大蟲拿人，只是一撲一掀一剪，三般不著時，氣性先自沒了一半。」金聖歎大為讚嘆，批語裡說道：「才子博物，定非妄言，只是無處印證。」

到了現在，動物的各種習性已漸明白，可以證明上邊的話是沒有根據的，據說這種食肉獸捕食，只在一撲，這是百無一失的，萬一失敗，還是從頭再來，亦不用一掀一剪，若是這再不著，便只甘休，反正獲物多是快腿的動物，既經逃脫，沒法去追，牠也決不追趕的。

至於撲上去之後，用牙齒咬住喉嚨或是腦後，那麼的一擺頭，便把獲物摔倒，脊骨折斷；假如這是龐然大物，便咬斷腳筋，再把牠拖到別處去吃。老虎雖有很大的力氣，能夠把野牛拖走，但是牠並不是把獲物馱在背上運走的，如一般傳說那樣。牠不一定要吃人，但是母老虎在哺養小虎的時候，假如缺少食物，或者是年老無力捕物，吃過人知道了味道，那末就在鄉村鄰近地方走動，窺伺人畜了。

老虎與獅子都是貓的一屬，有許多相同的地方，我們看貓捕鼠的舉動，就可推知牠獵食的方法。牠喜歡的時候，也同貓一樣的打呼嚕，並且愛把身子和人的腿摩擦，據德國馬戲馴獸的人所說，不小心時會得被牠擠倒。在發怒時並不吼叫，也同貓一樣的噴嘶，那時最是危險的時候，因為牠將撲過來了。

貓類是很陰的，都很沉默，唯獨獅子不大一樣，牠有時吼叫，聲音宏大可怕，佛教說獅子吼是很好的比喻，但在攻擊敵人時候，也是不則一聲的。

狼的故事

我們提起狼來，誰都有一種反感，因為在於人有害的猛獸中間，只有狼最是貪殘，也最是怯弱，值得憎恨。抗美援朝的時候有一句口號，叫「打倒美國狼」，正是最適切的比喻。

從前看過瑞典斯文赫定的《中央亞細亞旅行記》，說那裡狼多得很，本地人用一種釣狼的方法極是特別。那旅行記上有一張插圖，畫著一輛馬車，兩匹馬牽著，身上都穿著甲一樣的東西，車上幾個人，一個拿著短刀，一個拿著藤條做的圈套，在曠野上跑著。馬車的周圍全是狼，黑壓壓的擠作一片，看去煞是可怕，有些狼往車上撲去，拿圈套的人便往狼那邊套，套住了往上拉，上邊拿短刀的人就動手剝狼的皮，剝了皮再把狼往車外扔去。車外的狼群便都奔過來，把沒皮的狼肉分吃了，又跟著馬車跑。

這一種景象，是狼群所獨有的，牠不但對別人兇惡，就是自己同類的肉也是要吃的，結果還是敵不過人給釣了去。

中國講故事的書裡，狼不大出現，也沒有很好的故事。《聊齋志異》中有兩則，其一說一人遇見兩隻狼，此人避至稻草堆下，持短刀自衛，一隻狼蹲在面前，良久不去，假裝打盹，他乘隙砍狼死，回過身去，卻見另一隻狼已經從稻草堆打洞過來，預備前後夾攻，可是也立即被他發現殺死了。

又在某書說有人遇狼，上樹躲避，群狼大集，聽一個首領指揮，在樹根疊累起來，先是四隻，隨後三隻兩隻，末後首領攀登頂上，幾乎可以搆得著了，其人惶惶，刀砍第一隻狼的頭，首領既死，狼隨逃散。這兩則說狼的智慧未免有點理想化了，據說牠實在沒有這樣聰明，實際的情形只是欺軟怕硬罷了。

孫仲容論動物

孫仲容是清末的經學大師，以治《周禮》和《墨子》著名。但是思想極新，瞭解許多新學問，其意見多為從前的人所無。例如在他的文集《籀廎述林》的一篇《與友人論動物學書》中有云：

「非徒《山海經》《周書・王會》所說珍禽異獸，荒遠難信，即《爾雅》所云比肩民比翼鳥等等，咸不為典要。而《詩》《禮》所云螟蛉果蠃，腐草為螢，以逮鷹鳩爵蛤之變化，稽核物性，亦殊為疏闊。今動物學說諸蟲獸，有足者無多少皆以偶數，絕無三足者，《爾雅》有鱉三足能，龜三足賁，殆皆傳之失實矣。」

他對於古人憑了想像，不合事實的事物，悉歸之於失實，這是很對的。有如比目魚原是有的，但因此推想牠有比肩民，那就不對了。比目魚原來有兩隻眼睛，只是擠在一處，都長在一邊罷了，便說牠每片只有一隻，必須雙片合起來才能游行，那便是不合事實。

海邊比目魚多得很，各個游泳著，人們不是多看見的麼？比肩比翼之說，簡直是不可能，不過傳說上比翼的故事也很美麗，當作一件故事說說，那倒也未始不可罷。

古來傳說，常說有怪物，往往一隻腳或三隻腳的，如山魈或是三腳蟾之類，這如孫仲容先生說明，也是不可能的，因為現在動物所證明，凡足都是偶數的。三隻腳的倒還罷了，一隻腳的例如跳躍而行的山魈，還有《山海經》圖上所有的「夔」，形狀完全如牛，就只有一條腿，生在相當大的身體上，小時候每次看見這個圖，與其說是怕，倒還不如說急，替牠著急這怎麼站得穩。

兒時玩火漆做的耍貨，有綠色的三腳蟾，看慣了沒有什麼，但是一經說明，覺得這也是不會有的，民間傳說更是妙得很，說癩蝦蟆本來好端端的是四條腿的，不幸被毒蛇捕獲，卻不知為什麼原因吞不下去，得以保存生命，但腳卻是中了毒，爛掉了一隻，成為奇數了。所以三腳蟾很難遇見，而且是很有毒的，只有劉海戲金蟾養了一隻，也只見之於有些圖畫罷了。

至於山魈，那是鬼怪，一足不便走路，但怪物不可以常情論，他或者可以有他的走法，不在動物之內了。無神論者自然並不信有鬼怪，不過那是與上文所說又是一問題，不在本文範圍裡面了。

避諱改姓

中國古時候的人，忌諱自己的和父祖的名字，很是可笑，底下的人犯了諱，便要大發雷霆，若是朋友們不小心，說錯了話，要是觸犯了父或祖的「嫌名」，即是同音異義的字，也必定要大哭而起，弄得人家怪難為情的。陸放翁《老學庵筆記》裡有一則云：

「田登作郡，自諱其名，觸者必怒，吏者多被榜笞，於是舉州皆謂燈為火。上元放燈，許人入州治遊觀，吏人遂書榜揭於市曰，本州依例放火三日。」

因為諱登的嫌名，遂忌燈為火，結果是「只許州官放火，不許百姓點燈」這句故典，遂流傳下來了。

州官且尚如此，何況皇帝老爺，他要避起諱來，自然更是了不得了，弄得許多字殘缺不全，有如「胤」字的丟了右邊胳膊，「顒」字不見了兩隻腳之類。幸而這種字用處不多，不大受影響。「玄」字因康熙名字的關係，改寫作「元」，不但意義不對，而且聲音各別，便一塌糊塗的改了：譬如玄色本是黑色，今如稱為元色，豈本指的本色乎？

又凡如道教關係的「玄」也都改從「元」，於是蘇州一個「玄妙觀」，北京一個「崇玄觀」——歷史上有名的「曹老公觀」，自從改名以來，永無翻身復姓的希望了！元妙觀與崇元觀，本來念得順口了，誰也不想來改，所以也就不妨將錯就錯的叫下去了。

但是有人因為避諱，把姓都改了的，那可不是一事。從前劉大白，民國初年將原來金姓復姓為劉，據說是避吳越王錢鏐的諱，那已是一千年前的事了。二百五十年前，清雍正叫姓丘的一律改姓「邱」，以避孔子的諱，並且要讀作「九」以示區別。這字一改直到今日，似乎應該復元了吧？

紀曉嵐說過一件故事，乾隆時有過這麼一回事：當時有一塊墳地，兩家爭訟，一家姓邱，持有老契，係康熙年間立的，證據確鑿，所以勝利，但別一姓卻終不肯相讓。這知縣頗肯用心，覺得可疑，所以細心研究，終於發現這契紙是假造的，理由是康熙年間不可能賣田給「邱」姓的。

我在《閱微草堂筆記》中見到此事，多年不曾忘記，總想有機會告訴一聲姓「邱」的朋友，這個本來面目現在可以恢復了。只在雍正以前書中去找，左丘明，丘遲，丘為，都沒有花耳朵的，即此便是證據。

夸父追日

陶淵明古來都當他作隱逸詩人，這是皮相之見，其實他是很積極的，最明瞭的表示是他的《讀山海經》的詩。這詩一共十三首，第一首八韻是他用平常的《歸田園居》的情調，所以讀來不覺得，到了末五首，便變作慷慨激昂，引起人家的注意了。

《山海經》裡記述下來的微少的一點古代神話，經他保存引申，實在比屈原的《天問》還要可貴，至於聲調更比較要激越的多了。

第十首最為世所知，如云：

「精衛銜微木，將以填滄海。刑天舞干戚，猛志故常在。」固然最是明顯，但第九首云：

「夸父誕宏志，乃與日競走，俱至虞淵下，似若無勝負。
神力既殊妙，傾河焉足有。余跡寄鄧林，功竟在身後。」

本來精衛刑天與夸父都是以失敗終的人物，然而作者並不是這種看法，卻說道「猛志故常在」，又道「化去不復悔」，表示勇往直前的精神。夸父的事據注文云：「夸父不量力，欲追日影，逮之於禺谷，渴欲得飲，飲於河渭，河渭不足，北飲大澤，未至道渴而死，棄其杖，化為鄧林。」

汪雙池著《山海經存》卷八云：「考此書所屢言夸父，大抵不量力之人，欲窮日出入之所而不能至，遂道困而死，如穆王之欲周行天下者耳。」明明說他不自量力，妄欲追日，但陶淵明並不責備這點，反加以稱讚道：「功竟在身後」，而且他對於穆王的周行天下的志願，並不厚非，所以在第三首結末說道「恨不及周穆，托乘一來遊」了。

陶淵明歌頌中國古代神話裡的人物，在後世得到回應，除周穆王有《穆天子傳》外，其他的精衛，刑天，夸父諸人的故事，差不多通過了他的詩而流傳下來；裡邊特別是夸父，流傳得更是廣遠，因為它已超越了文人學士的範圍，在民間故事中已有一席地，那麼這「功竟在身後」的評語，豈不是確切不過了麼？

據地方傳說，大概是屬於湖南地方罷，夸父要追上日頭，從丹淵跑起，一直向南奔去，到了湖南辰州的時候，日頭還沒有過午呢。他肚子餓了，便拿了一個鍋子，架在三座大山頂上，煮了一鍋飯，吃了以後，心想把這鍋灶做追趕日頭的證據。他就對當地的人民說，我是共工氏的後代，叫做夸父，於本年本月本日午時，追日到此，至今辰州東邊，還有一座山，就叫做夸父山。

夸父一直趕著太陽走，眼看日影漸漸西沉，走到甘肅的安定縣地方，忽然覺得一隻鞋子要掉了，他把它抖了一抖，然後再追，以後此地便叫「振履堆」。到了虞淵，終於他把日頭追上了，但是走近日頭，熱不可耐，他便用手捧黃河與渭河的水，喝了一陣，喝光了還不夠，終於渴死在路上了。

人民佩服他的勇氣，把他埋葬了，他的大木杖便植在墳頭，做個紀念，後來竟變成一個大樹林了，叫做鄧林，又名夸父之野。

這個傳說不知道出於何處，我也是傳抄來的，大抵根據《山海經》而演化出來的，中間有地理的引證，或者由文人潤色亦未可知。現在大家都想向月亮進發的時候，回頭看追日的英雄，也不能以不量力一語抹殺，覺得詩人的稱讚是正當的了。

無鬼論

報載達爾文尺牘全文發表，關於宗教問題，證明他是無神論者。西洋的無神論者，除唯物論的共產主義者以外，甚為難得，有話也不能發表，或者隱藏一點，變成「不可知論」者而已。嚴幾道介紹孟德斯鳩，在《法意》的小傳上說，他臨死時牧師問他道：你現在知道「帝利之大」嗎？孟德斯鳩回答道：「唯，吾知帝利之大如吾力之為微。」他的態度，始終對於天主是不敬的。我們當時讀了很感興趣，覺得他的勇氣為不可及。

但是在中國古代，就是「神滅論」也還不成什麼問題，梁武帝親自出馬，加入討論，范縝終於不服，也並沒有關係。可是成問題的乃是「無鬼論」。因為這不是宗教上的，乃是倫理上的問題了，說「無鬼」便是不認祖宗有靈，要牽涉到非孝上去了。

史傳上明說主張無鬼論者，有阮瞻遇客相詰難，旋化為鬼而滅。又宗岱有鬼化書生訪之，說：「君絕我輩血食二十餘年。」阮瞻宗岱之說不傳於後，但從理性上說來，都可以達到，所以雖不明說，但中國文人多半是無鬼論的，這話似乎不太勉強。

我們首先舉出蘇東坡為例。他平常喜歡叫人家說鬼，人家說沒有可說的，東坡曰：「姑妄言之。」這就是根本不相信有鬼，所以可以隨便的胡亂講一氣，只是不點破罷了。

以次再舉作《聊齋志異》的蒲留仙來說，他自己不說明，但我們看王漁洋給他的題詩，可以知道：

姑妄言之姑聽之，豆棚瓜架雨如絲。
料應厭作人間語，愛聽秋墳鬼唱詩。

引用的也是這「姑妄言之」的典故，可見是同一的態度。《聊齋志異》據說原稱「狐鬼傳」，似乎是信有狐鬼而作的了，但那種描寫入微的寫法，正是說故事的手段，可見這裡所重的是故事本身了。便是寫《閱微草堂筆記》的紀曉嵐，也以「姑妄聽之」名一部書，其用意正是相同。

紀曉嵐不喜歡宋儒，不相信狐鬼，而無意中上了儒教的當，意欲存勸戒，乃借了這些故事來發揮他的意思，結果乃墜入惡道，其價值落在《聊齋志異》之後遠甚。但總之他並不真心相信鬼神的。只有老實的《勸戒近錄》的作者們，才是有鬼論的信徒，亦遂不敢放膽的自由的思索，其作品也就毫無生氣了。

兩個書家

有報紙上得見散木先生的《藝林談往》二則，很感興趣，也想記述一點下來。但是我對於當代書畫家，不認識一人，所以只好就過去的人去找。這裡有兩個人很有意思，就是鄭谷口和傅青主。

鄭谷口的事是他的門人張在辛在《隸法瑣言》中所寫的。張在辛在四十一歲的時候，問學於鄭谷口，「初拜鄭先生，即命余執筆作字，才下得一畫，即曰：字豈可如此寫，因自就坐，取筆搦管，作禦敵之狀，半日一畫，每成一字必氣喘數刻。始知前輩成名，原非偶然。」

因記起紹興有沈桐生，在民國初年自稱大書家，立大旆於門前，其寫字時用力極大，每寫一筆，輒呻呼以足頓地。當地傳以為笑，以後始知亦有所本，但谷口字飛躍跳動，而沈君卻極笨重，可知大匠的規矩雖可遵循，而為才力所限，也不一定有同樣的效果。

傅青主最忌字有「奴俗氣」，他的家訓有一則云：「字亦何與人事，政復恐其帶奴俗氣。若得無奴俗氣，乃可與論風期日上耳。不惟字。」他主張學寫字要由會而至不會，到「不會」了，才能沒有所謂奴俗氣了。譬如學寫「王字」，起初要竭力模仿，要求它像王羲之，到得學到了家，與王羲之相像了，即是「會」了，以後又要努力的去求脫離，這就是由會以至不會，所寫的字由王羲之學來，卻又不像他了，才可以算是自己能寫字了。

他說寫字要「會」不難，但會了要求「不會」，便很不容易，往往一個人一學就成了那一家了。

我的一個朋友善寫米字，時常訴說，不能擺脫米的影響，可見他這話的有理由。據我看來，他的寫字盡夠好了，但是他自己覺得沒有到得「豁然貫通」的境地，所以始終不肯滿足的吧。

大凡學一種藝術，都有這一種境界，最初是竭力鑽研，進到這核心裡去，既然到達，就要再鑽過去，通過相當的時間，仍然出來，這就是所謂「自成一家」，有獨立的價值了。

題畫

在圖畫上大片的題字，中國古代大約是沒有的事。唐宋以前的畫，大抵是畫事實，如古代聖賢，神仙，列女，畫家署名以外，不另寫什麼字，有時必要加點說明，如「孔子見老子」之類，有如「連環圖畫」那麼樣。畫上有題字，當是起於「文人畫」盛行之後。

那是畫家兼是文人，書法是其所長，所以和畫配合起來，也是別有風致的。但是我們看古人的題跋，例如《東坡題跋》，那是其中頂有名的，許多篇題跋簡直是獨立的小品文，可是絕少是寫在畫面上的。大都是書法的跋尾居多，而且照例是與本文同樣，另寫在一張紙上。在畫面上，也要留下一定大小的空白，庶幾與畫相調和，畫家自己懂得這個道理，也不會自己來破壞它，要題字也留好地位，不肯亂占畫幅的空白的。

近代二百年來，這風氣似乎很盛，鄭板橋的寫竹題記等有好幾卷，可以知道。但題得亂七八糟的總還沒有，因為題畫者也還是懂得畫的人，所以題起來也還有分寸的。

中國第一個題畫題得糟糕的，便是清朝的乾隆皇帝，多少好畫都給他題壞了。朝隆好做詩題詩，但詩既做得特別不通，字又寫得甜俗，題的時候又必是居中一大塊，蓋上一個御璽，很是難看。

他的題畫詩句一時記不得了，但在碧雲寺有御詩碑，有云：「越嶺遂以至碧雲。」又題知不足齋叢書云：「知不足齋何不足，渴於書籍是賢乎。」這句法與《綠野仙蹤》裡那塾師的「媳釵俏矣兒書廢，哥罐聞焉嫂棒傷」，佳妙正是一樣。《綠野仙蹤》是一部壞書，但這裡諷刺乾隆皇帝的詩，可以說是妙極了。你想拿這樣的詩，寫到畫上去，詩壞字壞，又題得不恰當，這畫豈不是糟了。

張鳴珂的《寒松閣談藝瑣錄》云：「馮黔夫山陰人，遊幕章門，善畫山水，每署款必在石壁上。謂予曰：此摩崖也，若空處即天，豈可寫字。語奇而確，予頗賞之。」照道理來講，圖畫最好是不題字，這也最合於古代的法則，但是文人畫的寫意與古代寫實不同，意有未盡者不妨寫下，不過這須要畫家自題，不然也是懂得畫意的人才能動筆。

蘭亭舊址

紹興的古蹟，頂有名的無過於大禹陵與蘭亭。禹陵雖然也無可考，現今的那塊石碑，乃是知府南大吉根據「勘輿」之學給它來假定的，本來算不得數，但是到底有那一個廟在那裡，並有「窆石」的遺物可以一看。但是蘭亭，卻沒有什麼可看的，因其特別有名，也就特別的掃興。

明末張宗子在《古蘭亭辨》中說他自己的經驗道：「萬曆癸丑，以是歲為右軍修禊之年，拉伴往遊，及至天章寺左，頹基荒砌，云是蘭亭舊址，余佇立觀望，竹石溪山，毫無足取，與圖中景象相去天淵，大失所望。故凡外方遊人，欲到蘭亭者，必多方阻之，以為蘭亭藏拙，因此裏足不到，又六十年所矣。」

據說現今的所謂蘭亭的，乃明朝永樂二十七年一個姓沈的知府所建造，只因其地有兩個池，乃構亭其上，稱曰墨池，鵝池，其實王右軍在那裡修禊，不見得帶了鵝去，也用不著特地挖一個池養牠。至於甃石為溝，引田水灌入，摹仿曲水流觴，尤為兒戲。

宗子說：「蓋此地撇卻崇山，推開修竹，制度椎樸，景色荒涼，不過田疇中一郵表畷耳。」到今遊蘭亭的人也都是這一樣的印象，覺得這頂有名的地方，實在卻是最無聊了。所以我從前勸去遊覽的人，以水路至婁公埠，陸路自婁宮至蘭亭為止，因為這一路總還是「山陰道上」，值得一看，到了目的地便沒有看的價值了。

但是，如宗子的文章中所說：「右軍文人也，韻人也，其所定亭址，必有可觀。」照這個標準在近地尋去，或者可以找到舊址，也未可知。果然於天章寺之前發現一塊地方，「所謂崇山峻嶺者有之，所謂清流激湍者有之，所謂茂林修竹者有之，山如屏環，水皆曲抱。」

蘭亭古蹟埋沒千年，復為後人所發現，大是可喜的事。時為清康熙癸丑（一六七三），距今不過二百八十年。若由有眼識的人前去天章寺左近察看，必可找到。以後政府修葺蘭亭的時候，便可在新發現的舊址建亭以志遺跡，其地既然有「溪山竹石」之美，恢復舊觀，則別無多少建築，也不妨事，只要有幾楹屋供遊人休憩，便已足矣。其昔時所造的亭，可留存以資比較，如有好奇之士，於遊覽蘭亭之際，不妨兩邊都看一下，看到底哪一方面近似真的蘭亭。

賽普勒斯

我們近時看報，常見到賽普勒斯的名字。這個地名同時給我兩個不同的感覺，其一是愉快的記憶，其二是不愉快的印象。

現在先從不愉快的講起。英國占據賽普勒斯島，不肯歸還給希臘，對於愛國的島民加以虐殺，最近還夥同法國把這島作為侵略埃及的根據地，這些事實已是世間周知，無須贅說的了。

我說不愉快，是單指這賽普勒斯的名字，因為這是英帝國侵略希臘的象徵。這島的原名是庫普洛斯，就是照現代希臘語說也是吉普路斯，不能讀作別的。但自從用拉丁字母改拼之後，「克」「於」兩字母依照英文讀作「斯」「埃」，結果「庫」字非讀「塞」不可了。

從我們主張這島應屬於希臘的人看來，庫普洛斯讀作賽普勒斯這一件事，與英國強佔這地方，同樣的是不合法的。但是英文的勢力在中國一直很大，大家無可如何，這也只好個人感覺得不愉快而已。

庫普洛斯是地中海東南方的一個大島，面積約有二萬方公里，古代由腓尼基和希臘移民建設起來，雖然過去曾為埃及，波斯，羅馬，土耳其所統治，但根據人民與文化來說，其屬於希臘是沒有問題的。這地方與希臘神話有分不開的密切關係，因為那戀愛女神阿孚洛狄忒是那島上誕生的。

她乃是希臘神話上的一個外來的女神，所以地位不見得怎麼的崇高，可是關係很是重要，力量也非常偉大。荷馬的史詩《伊利阿德》寫特洛亞的戰役，便以她為起因，因為沒有她幫助特洛亞王子帕里斯去搶走斯巴達王后海倫，這戰事是不會起來的。

可是希臘古詩人雖然強調戀愛，神話上卻只有一個男神厄洛斯，乃是愛的人格化，說他與天地並存，很有點抽象的。戀愛女神興起於小亞細亞各國，大抵大同小異，腓尼基的阿斯塔耳忒與阿孚洛狄忒最相近，她的渡到希臘去可以推想是由庫普洛斯的腓尼基人介紹的。

神話上也有彌縫的說法，說阿孚洛狄忒是大神宙斯的一個女兒，把她收入到神的大家庭裡去，但一般的看法卻不一樣，因為阿孚洛斯一字義云水泡，所以解釋作是海水泡沫所化生（一種不雅馴的解法，今從略），而這地方乃是庫普洛斯島。所以她的一個別號即庫普里斯，意云庫普洛斯的女人。

阿孚洛狄忒這名稱比較生疏點，羅馬人叫她作威奴斯，一般更是通行。我們固然並不一定怎麼崇拜她，但是在文藝上看見得多了，說起庫普洛斯，便容易聯想到庫普里斯，多少是一種愉快的事情。古代詩人敘述神話，並不講什麼考據，但有鑒於這女神的香火在庫普洛斯特別旺盛，所以把這地方作為她的故鄉的吧，可是無意中這與阿孚洛狄忒從腓尼基人來的事實也正是相合的。

我想同戀愛女神在神話故事上總是勝利一樣，在爭自由獨立的鬥爭上，庫普洛斯也終於會得勝利，賽普勒斯的不合法的名字將要消滅，讓我們高聲呼號：日多吉普洛斯！庫普洛斯萬歲！

第四卷　悠然集

關於竹枝詞

七八年前曾經為友人題所編《燕都風土叢書》，寫過一篇小文，上半云：

「不佞從小喜雜覽。所喜讀的品類本雜，而地志小書為其重要的一類，古蹟名勝固復不惡，若所最愛者乃是風俗物產這一方面也。中國地大物博，書籍浩如煙海，如欲貪多實實力有不及，故其間亦只能以曾遊或所知者為限，其他則偶爾涉及而已。不佞生於會稽，曾寓居杭州南京，今住北平，已有二十餘年，則最久矣。在杭州時才十三四歲，得讀硯云甲編中之《陶庵夢憶》，心甚喜之，為後來搜集鄉人著作之始基，惜以乏力至今所收不能多耳。爾後見嘯園刊本《清嘉錄》，記吳事而可通於兩浙，先後搜得其異本四種，《藤陰雜記》，《天咫偶聞》及《燕京歲時記》，皆言北京事者，常在案頭，若《帝京景物略》則文章尤佳妙，唯恨南京一略終不可得見，辜負余六年浪跡白門，無物作紀念也。」

去年冬天寫《十堂筆談》，其九是談風土志的，其中有云：

「中國舊書史部地理類中有雜記一門，性質很是特別，本是史的資料，卻很多文藝的興味，雖是小品居多，一直為文人所愛讀，流傳比較的廣。這一類書裡所記的大都是一地方的古蹟傳說，物產風俗，其事既多新奇可喜，假如文章寫得好一點，自然更引人入勝，而且因為說的是一地方的事，內容固易於有統一，更令讀者感覺對於鄉土之愛，這是讀大部分的地理書時所沒有的。

「這些地理雜記，我覺得他好，就是材料好，意思好，或是文章好的，大約有這幾類，其一是記一地方的風物的，單就古代來說，晉之《南方草木狀》，唐之《北戶錄》與《嶺表錄異》，向來為藝林所珍重。中國博物之學不發達，農醫二家門戶各別，士人知道一點自然物差不多只靠這些，此外還有《詩經》《楚辭》的名物箋注而已。

「其二是關於前代的，因為在變亂之後，舉目有河山之異，著者大都是逸民遺老，追懷昔年風景，自不禁感慨繫之，其文章既含有感情分子，追逐過去的夢影，鄙事俚語不忍捨棄，其人又率有豪氣，大膽的抒寫，所以讀者自然為之感動傾倒。宋之《夢華》《夢粱》二錄，明之《如夢錄》與《夢憶》，都是此例。

「其三是講本地的，這本來可以同第一類並算，不過有這一點差別，前者所記多係異地，後者則對於故鄉或是第二故鄉的留戀，重在懷舊而非知新。我們在北京的人便就北京來說吧，燕雲十六州的往事，若能存有紀錄，未始不是有意思的事，可惜沒有什麼留遺，所以我們的話只好從明朝說起。明末的《帝京景物略》是我所喜歡的一部書，即使後來有《日下舊聞》等，博雅精密可以超過，卻總是參考的類書，沒有《景物略》的那種文藝價值。清末的書有《天咫偶聞》與《燕京歲時記》，也都是好的，民國以後出版的有枝巢子的《舊京瑣記》，我也覺得很好，只可惜寫得太少罷了。」

上邊兩節雖是偶爾寫成，可是把我對於地志雜記或風土志的愛好之意說的頗為明白，不過以前所說以散文為主，現在拿來應用於韻文方面，反正道理也是一樣。韻文的風土志一類的東西，這是些什麼呢？《兩都》《二京》，以至《會稽三賦》，也都是的，但我所說的不是這種大著，實在只是所謂竹枝詞之類而已。

說起竹枝的歷史，大家總追蹤到劉禹錫那裡去，其實這當然古已有之，關於人的漢有劉子政的《列女傳贊》，關於物的晉有郭景純的《山海經圖贊》，不過以七言絕句的體裁，而名為竹枝者，以劉禹錫作為最早，這也是事實。

案《劉夢得文集》卷九，竹枝詞九首又二首，收在樂府類內，觀小引所言，蓋本是擬作俗歌，取其含思宛轉，有淇濮之豔，大概可以說是子夜歌之近體詩化吧。由此可知以七言四句，歌詠風俗人情，稍涉俳調者，乃是竹枝正宗，但是後來引申，詠史事，詠名勝，詠方物，這樣便又與古時的圖贊相接連，而且篇章加多，往往湊成百篇的整數，雖然風趣較前稍差，可是種類繁富，在地志與詩集中間也自佔有一部分地位了。

這種書最初多稱百詠，現存最早的著作要算是《郴江百詠》，著者阮閱，即是編《詩話總龜》的人，此書作於宋宣和中，已在今八百年前矣。元明之間所作亦不甚少，唯清初朱竹垞的《鴛鴦湖棹歌》出，乃更有名，竹枝詞之盛行於世，實始於此。竹垞作《棹歌》在康熙甲寅，譚舟石和之，至乾隆甲午，陸和仲張芑堂又各和作百首，蔚成巨冊，前後相去正一百年，可謂盛事。此後作者甚多，紀曉嵐的《烏魯木齊雜詩》與蔡鐵耕的《吳歈百絕》，可以算是特別有意味之作。

百詠之類當初大抵只是簡單的詩集，偶爾有點小注或解題，後來注漸增多，不但說明本事，為讀詩所必需，而且差不多成為當然必具的一部分，寫得好的時候往往如讀風土小記，或者比原詩還要覺得有趣味。厲惕齋著《真州竹枝詞》四百首，前有小引一卷，敘述一年間風俗行事，有一萬二千餘言，又黃公度著《日本雜事詩》，王錫祺抄錄其注為《日本雜事》一卷，刊入《小方壺齋叢鈔》中，即是一例。

這一類的詩集，名稱或為百詠，或為雜詠，體裁多是七言絕句，亦或有用五言絕句，或五言七言律詩者，其性質則專詠古蹟名勝，風俗方物，或年中行事，亦或有歌詠歲時之一段落如新年，社會之一方面如市肆或樂戶情事者，但總而言之可合稱之為風土詩，其以詩為乘，以史地民俗的資料為載，則固無不同。鄙人不敢自信懂得詩，雖然如竹垞《棹歌》第十九首云：

姑惡飛鳴觸曉煙，紅蠶四月已三眠，
白花滿把蒸成露，紫椹盈筐不取錢。

這樣的詩我也喜歡，但是我所更喜歡的乃是詩中所載的「土風」，這個意見在上文已經說過，現在應用於竹枝詞上也還是一樣的。

我在《十堂筆談》中又說：

「我的本意實在是想引誘讀者，進到民俗研究方面去，使這冷僻的小路上稍為增加幾個行人，專門弄史地的人不必說，我們無須去勸駕，假如另外有人對於中國人的過去與將來頗為關心，便想請他們把史學的興趣放到低的廣的方面來，從讀雜記的時候起離開了廊廟朝廷，多注意田野坊巷的事，漸與田夫野老相接觸，從事於國民生活史之研究，此雖是寂寞的學問，卻於中國有重大的意義。」

散文的地理雜記太多了，暫且從緩，今先從韻文部分下手，將竹枝詞等分類編訂成冊，所記是風土，而又是詩，或者以此二重原因，可以多得讀者，但此亦未可必，姑以是為編者之一向情願的希望可也。

一九四五年七月二十日，北京。

談胡俗

蕭伯玉《春浮園偶錄》，在崇禎三年庚午七月二十二日條下有一則云：

「讀范石湖《吳船》《驂鸞》諸錄，雖不能如放翁《入蜀記》之妙，然真率之意猶存，故自可讀。惟近來諸遊記正蘇公所謂杜默之歌，如山東學究飲村酒食獐死牛肉，醉飽後所發也。」

《入蜀記》多記雜事，有《老學庵筆記》的風格，故讀之多興趣，如卷四記過黃州時事，八月二十一日條下云：

「過雙柳夾。回望江上遠山重複深秀，自離黃雖行夾中，亦皆曠遠。地形漸高，多種菽粟蕎麥之屬。晚泊楊羅洑。大堤高柳，居民稠眾，魚賤如土，百錢可飽二十口，又皆巨魚，欲覓小魚飼貓不可得。」

又卷一之金山寺榜示，賽祭豬頭例歸本廟，卷五之王百一以一招頭得喪，遂發狂赴水幾死，諸事皆有意思，更多為人所知。

石湖記行諸錄自較謹嚴，故風趣或亦較少，唯在三錄中我讀《攬轡錄》卻更有所感，這是乾道六年八月使金的紀事，元本二卷，今只存寥寥數葉，蓋是節本，不及樓攻媿的《北行日錄》之詳，但因此得見那時北地的情形，是很有意義的。

八月丁卯即二十日至舊東京，記其情狀云：

「新城內大抵皆墟，至有犁為田處，舊城內粗布肆，皆苟活而已。四望時見樓閣崢嶸，皆舊宮觀寺宇，無不頹毀，民亦久習胡俗，態度嗜好與之俱化，最甚者衣裝之類，其制盡為胡矣。自過淮已北皆然，而京師尤甚，惟婦人之服不甚改，而戴冠者絕少。」

案《北行日錄》卷上記乾道五年十二月九日入東京城，十日條下有云：

「承應人各與少香茶紅果子，或跪或喏，跪者胡禮，喏者猶是中原禮數，語音亦有微帶燕音者，尤使人傷嘆。」

自二帝北狩至乾道初才四十年，中原陷沒入金，民間服色行動漸染胡風，觀二書所言可知其概，唯民情則仍未變，《北行日錄》記十二月八日至雍丘即杞縣，有云：

「駕車人自言姓趙，云向來不許人看南使，近年方得縱觀。我鄉里人善，見南家有人被擄過來，都為藏了，有被軍子搜得，必致破家，然所甘心也。」

又《老學庵筆記》卷二云：

「故都李和炒栗名聞四方，他人百計效之終不可及。紹興中陳福公及錢上閤愷出使虜庭，至燕山，忽有兩人持炒栗各十裹來獻，三節人亦人得一裹，自贊曰，李和兒也。揮涕而去。」

習俗轉移，民間亦難免，但別方面復自有其不變者在，此在放翁石湖攻媿諸君亦當察知，而深以引為慰者也。

兩年前的秋天我寫過一篇文章，題曰「漢文學的前途」，後邊附記裡有這樣的一節話：

「中國民族被稱為一盤散沙，自他均無異辭，但民族間自有維繫存在，反不似歐人之易於分裂，此在平日視之或亦甚尋常，唯亂後思之，正大可珍重。我們史書，見永樂定都北京，安之若故鄉，數百年燕雲舊俗了不為梗，又看報章雜誌之記事照相，東至寧古塔，西至烏魯木齊，市街住宅種種色相，不但基本如一，即瑣末事項有出於迷信敝俗者，亦多具有，常令覽者不禁苦笑。反覆一想，此是何物在時間空間中有如是維繫之力，思想文字語言禮俗，如是而已。」

當時我是這樣想，中國幸虧有漢字這種通用文字，又有以漢字能寫下來的這種國語，得以彼此達意，而彼此又大抵具有以儒家為主的現實思想，所以能夠互相維繫著，假如用了一種表音的文字，那麼言語逐漸隔絕，恐怕分裂也就不可免了吧。

這個意見現在還是如此，雖然在歐洲民族裡也盡有言語宗教以至種族相同的，卻仍然與同族分離，倒去和別民族合組國家，有如比利時等，可見這例在西洋也不能普遍的應用。但在中國這總是聯繫的一部分原因，又一部分則或者是民眾的特殊性格，即是所謂一盤散沙性吧。

這句話想不出更好的說法，說來似乎很有語病或是矛盾，實在卻是真的。因為中國人缺少固執的黏性，所以不分裂與不團結是利弊並存的。有權力的或想割據，講學問的也要立門戶，一個個的小團結便形成一塊塊的小分裂，民眾並無此興趣，但也無力反抗，只得等他們日久坍臺，那時還是整個的民眾。

這正如一個沙堆，有人拿木板來隔作幾段並不大難，可是板一拿開了，沙還混作一堆，不像黏土那麼難分開，分開之後將板拿去也還留下一道裂痕。或者說是沙還不如用水來比喻，水固然也可以被堤所隔絕，但防川不易正如古人所說，水總要流動，要朝宗於海是他無目的之目的，中國人民的目的也正是如此，傾向著整個的中國動著。

德國性學大家希耳息菲耳特在東方講學旅行記《男人與女人》裡，拿中國與印度比較，說中國的統一和復興要容易很多，因為他沒有印度那樣的社會階級與宗教派別的對立。這話很增加我們的勇氣，同時也是對於中國的一句警告，關於治病的宜忌指示得很明白。

上邊這趟野馬跑得有點遠了，現在還是回過頭來談范石湖他們所說的胡俗吧。當時他們從臨安走來，看見過淮北衣裝異制，或語音微改，不禁傷嘆，正是當然的，但是我們來切實的一查考，這些習俗的餘留似乎也很是有限。諸人記行中所記是南宋初期的事，去今已遠，又都在開封一帶，我們不曾到過，無從說起。且以北京為例，少加考察。

燕雲十六州自遼迄元歷時四百四十年，淪陷最久，至滿清又歷二百七十年，建為首都，其受影響應當很深了，但自民國成立，辮髮與翎頂同時銷除，普通衣服雖本出胡制，而承襲利用，亦如古來沿用之著靴著袴，垂腳而坐，便而安之，不復計較其原始矣。

清末革命運動勃興，其目標殆全在政治，注意禮俗方面者絕少，唯章太炎先生或可以說是唯一的人。太炎先生於民國二年秋入北京，便為袁世凱所羈留，前後幽居龍泉寺及錢糧胡同者四年，其間曾作《嘆僧文》，對於北方習俗深致笑罵，可以考見其意見之一斑。

此文似未曾發表，亦本是遊戲之作，收在《文錄》卷二中，寒齋所有一本乃是餅齋手錄見貽者，前有小序曰：

「民國二年，北軍南戍金陵，間攜家累，水土相失，多成疾疫，彌年以來，夭殯相繼。昔覽《洛陽伽藍記》，載梁陳慶之北聘染疾，楊元慎水噀其面而為之辭，今廣其義而嘆之。」

案楊元慎原文見《洛陽伽藍記》卷二，嚴鐵橋編《全後魏文》中未收，嘲弄吳兒語雖刻薄，卻亦多雋，可謂排調文之傑作。太炎先生被幽於北京，對於袁氏及北洋政府深致憎惡，故為此文以寄意，而語多詼諧，至為難得。如云：

「大纏辮髮，寬制衣裳。呷啜卵蒜，唼嘲羊腸，手把雀籠，鼻嗅煙黃。」

又云：

「眙目侈口，甕項大瘤，氈袍高履，胡坐轅輈。梆子起舞，二簧發謳。」

關於婦女有云：

「高髻尺餘，方勝峨然，燕支擁面，權輔相連，身擐兩當，大屣如船。長襦拂地，煙管指天。」

這裡所說乃是旗裝婦女的形狀，現在全已不見，只有旗袍通行於南北，旗女的花盆底則悉化為軟底鞋矣。民初尚存大辮，至張勳敗亡後此種胡俗亦已消滅，只吃灌腸一事或者還可以算得，其他不過是北方習俗，不必出於胡人也。

我們翻閱敦崇所著《燕京歲時記》，年中行事有打鬼出自喇嘛教，點心有薩齊瑪是滿洲製法，此外也還多是古俗留遺，不大有什麼特殊的地方。由此可知就是在北京地方，真的胡俗並沒有什麼，雖然有些與別處不同的生活習慣，只是風土之偶異而已。

明永樂是個惡人，嘗斥名之曰朱棣，但他不怕胡俗之薰染，定北京為首都，在百無可取之中，此種眼光與膽力實亦不能不令人佩服，彼蓋亦知道中國民情之可信託耶。

關於紅姑娘

日前校閱《銀茶匙》，看到前編二十四節講廟會裡玩具的地方，覺得很有意思。特別是紅姑娘，這是一種野草的果實，生得很好玩，是兒童所喜愛的東西。據說在《爾雅》中已經說及，但是普通稱為酸漿，最初見於《本草》，陶隱居曾說明過他的形狀，《本草衍義》裡寇宗奭卻講得更詳細一點，今引用於下：

「酸漿，今天下皆有之，苗如天茄子，開小白花，結青殼，熟則深紅，殼中子大如櫻，亦紅色，櫻中復有細子，如落蘇之子，食之有青草氣。」

明周憲王《救荒本草》也說得好：

「姑娘菜，俗名燈籠兒，又名掛金燈，《本草》名酸漿，一名醋漿，生荊楚川澤及人家田園中，今處處有之，草高一尺餘，苗似水莨而小，葉似天茄兒葉窄小，又似人莧葉頗大而尖，開白花，結房如囊，似野西瓜，蒴形如撮口布袋，又類燈籠樣，囊中有實如櫻桃大，赤黃色，味酸。」

鮑山《野菜博錄》卷中所記大旨相同，唯云一名紅燈籠兒。此外異名甚多，《本草綱目》卷十六李時珍說明之曰：

「酸漿，以子之味名也。苦蘵，苦耽，以苗之味名也。燈籠，皮弁，以果之形名也。王母，洛神珠，以子之形名也。」

紅姑娘之名蓋亦由於果實之形與色，此在元代已有之。張心泰著《宦海浮沉錄》中有塞外鳥獸草木雜識十一則，其第一則云：

「《天祿識餘》引徐一夔《元故宮記》云，棕毛殿前有野果，名紅姑娘，外垂絳囊，中含赤子如珠，酸甜可食，盈盈繞砌，與翠草同芳。今京師人家多種，紅姑娘之名不改也。喬中丞《蘿摩亭雜記》卷八，北方有草，其實名紅姑娘，見明蕭洵《故宮遺錄》。今北方名豆姑娘者是也。崞縣趙志，紅姑娘一名王母珠，俗名紅梁梁，囊作絳黃色，中空，有子如紅珠，可醫喉痛。《歸綏志略》云，即《爾雅》所謂葴也。」

吳其浚《植物名實圖考》卷十一「酸漿條」案語中引《元故宮記》，又云：「燕趙彼姝，披其櫜鄂，以簪於髻，渥丹的的，儼然與火齊木難比麗。」元迺賢詩，「忽見一枝常十八，摘來插在帽檐前。」則以為常十八亦即是紅姑娘，不知確否。

富察敦崇著《燕京歲時記》作於清末，中有云：

「每至十月，市肆之間則有赤包兒斗姑娘等物。赤包兒蔓生，形如甜瓜而小，至初冬乃紅，柔軟可玩。斗姑娘形如小茄，赤如珊瑚，圓潤光滑，小兒女多愛之，故曰斗姑娘。」

案赤包兒即栝樓，斗姑娘當初不明白是甚麼植物，看上文豆姑娘的名稱，可見這就是酸漿，雖然其意義仍不可解，豆與斗二字不知那個是對的（或當作逗？）。綜結各種說法看來，大概酸漿的用處除藥料以外，其一是玩，其二是吃，現今斗姑娘這名稱之外普通還稱作豆腐黏。但是在日本，兒童或者說婦孺愛酸漿的原因，第一還是在於玩，就是拿來吹著玩耍。據有些用漢文寫的日本書籍來引用，如《本朝食鑑》卷四云：

「酸漿，田園家圃皆種之，草不過二三尺，葉如藥匙頭而薄，四五月開小花，黃白色，紫心白蕊，狀如中華之杯，無瓣但有五尖，結一鈴殼，凡五棱，一枝一兩顆，下懸如燈籠之狀，夏青，至秋變赤，殼中一顆如金橘而深紅，作珊瑚色。女兒愛玩，去瓤核吹之，嚼之而鳴作草蛙之聲。或鹽漬藏封，為冬春之用，以為庖廚之供，或貯夏土用（案，土用者土王用事，在夏中即伏天也）之井水，漬連赤殼之酸漿子，至冬春而外殼如紗，露中間之紅子，似白紗燈籠中之火，若過秋不換水則易敗也。」

又《和漢三才圖會》卷九十四上云：

「按酸漿五月開小花純白，蓋亦白色，蒂青，武州江戶，豐後平家山，河州茨田郡多出之，宿根自生。小兒除去中白子為虛殼，含之於舌上，壓吹則有聲，復吹擴則似提燈。其外皮五棱，生青熟赤，似絳囊，文理如蜻蛉翅而不柔脆。鹽漬可久貯。」

這裡特別注意細密，如說白紗燈籠中之火，又說文理如蜻蛉翅膀，都很有趣味，又一特色則說到兒童怎樣吹酸漿子，蓋平常一提到酸漿，第一聯想便是如上文所說的鳴作草蛙之聲，據說原語保保豆岐意思即是鼓頰，雖然這在言語學者或者還未承認。

吹酸漿子是中流以下婦女的事情，小女孩卻是別無界限，她們將殼剝開，挑選完全無疵的酸漿子，先用手指徐徐揉捏，待至全個柔軟了，才把蒂摘去，用心將瓤核一點點的擠出，單剩外皮，這樣就算成功了，放在嘴裡使他充滿空氣，隨後再咬下去，就會勾勾的作響。不過這也須要技術，不是隨便咬就行的。

小林一茶有一句俳句，大意云：〔咬〕酸漿的嘴相是阿姊的指教呀。這裡如《草與藝術》的著者金井紫雲所說，並無甚麼奇拔之處，也沒有一茶那一路的諷刺與飄逸，可是實情實景，老實的寫出。這樣用的酸漿普通有兩種，一稍大而色紅，日本名丹波酸漿，即中國的紅姑娘，一小而青，名千成酸漿，意云繁生，中國不知何名，姑稱為小酸漿，此外有海酸漿，那就不是植物的果實了。

辛亥年若月紫蘭著有《東京年中行事》二卷，卷上有一節講賣酸漿的文章，說及酸漿的種類云：

「在店頭擺著的酸漿種類很多，丹波酸漿不必說，海酸漿部門內有長刀，達磨，南京，倒生，吹火漢等等，因形狀而定的種種名稱。有一時曾經流行過很怪相的朝鮮酸漿，現在卻全然不行了。近時盛行的有做成茄子，葫蘆，鴿子這些形狀的橡皮酸漿。所有這種酸漿，染成或紅或紫各種顏色，排列在店頭，走近前去就聞到一陣海酸漿的清新的海灘的香味，覺得說不出的愉快。聞了這氣味，看了這店面，不論東京的太太們或是小姑娘，不問是四十歲的中年女人，都想跑上前去，說給我一個吧。」

海酸漿從前說是鱟魚的蛋，後來經人訂正，云都是海螺類的蛋殼，拿來開一孔，除去內容，色本微黃，以梅醋浸染，悉成紅色，有各種形相，隨意定名，本係膠質，比植物性的自更耐久，唯缺少雅趣耳。橡皮酸漿更是沒有意思，氣味殊惡劣，不及海酸漿猶有海的氣息，而且又出於人為，即使做得極精，亦總是化學膠質的玩具一類而已。

一九四五年五月十五日，續草木蟲魚之一。

石板路

石板路在南邊可以說是習見的物事，本來似乎不值得提起來說，但是住在北京久了，現在除了天安門前的一段以外，再也見不到石路，所以也覺似有點希罕。南邊石板路雖然普通，可是在自己最為熟悉，也最有興趣的，自然要算是故鄉的，而且還是三十年前那時候的路，因為我離開家鄉就已將三十年，在這中間石板恐怕都已變成了粗惡的馬路了吧。

案《寶慶會稽續志》卷一街衢云：

「越為會府，衢道久不修治，遇雨泥淖幾於沒膝，往來病之。守汪綱亟命計置工石，所至繕砌，浚治其湮塞，整齊其嶔崎，除街陌之穢汙，復河渠之便利，道塗堤岸，以至橋梁，靡不加葺，坦夷如砥，井里嘉嘆。」

《乾隆紹興府志》卷七引康熙志云：

「國朝以來衢路益修潔，自市門至委巷，粲然皆石甃，故海內有天下紹興街之謠。然而生齒日繁，闤闠充斥，居民日夕侵佔，以廣市廛，初聯接飛簷，後竟至丈餘，為居貨交易之所，一人作俑，左右效尤，街之存者僅容車馬。每遇雨霽雪消，一線之徑，陽焰不能射入，積至五六日猶泥濘，行者苦之。至冬殘歲晏，鄉民雜遝，到城貿易百物，肩摩趾躡，一失足則腹背為人蹂躪。康熙六十年知府俞卿下令闢之，以石牌坊中柱為界，使行人足以往來。」

查志載汪綱以宋嘉定十四年權知紹興府，至清康熙六十年整整是五百年，那街道大概就一直整理得頗好，又過二百年直至清末還是差不多。我們習慣了也很覺得平常，原來卻有天下紹興街之謠，這是在現今方才知道。小時候聽唱山歌，有一首云：

知了喳喳叫，
石板兩頭翹，

懶惰女客睏盱覺。

知了即是蟬的俗名，盛夏蟬鳴，路上石板都熱得像木板曬乾，兩頭翹起。又有歌述女僕的生活，主人乃是大家，其門內是一塊石板到底。由此可知在民間生活上這石板是如何普遍，隨處出現。

我們又想到七星岩的水石宕，通稱東湖的繞門山，都是從前開採石材的遺跡，在繞門山左近還正在採鑿著，整座的石山就要變成平地，這又是別一個證明。

普通人家自大門內凡是走路一律都是石板，房內用磚鋪地，或用大方磚名曰地平，貧家自然也多只是泥地，但凡路必用石，即使在小村裡也有一條石板路，闊只二尺，僅夠行走。至於城內的街無不是石，年久光滑不便於行，則鑿去一層，雨後即著舊釘鞋行走其上亦不虞顛仆，更不必說穿草鞋的了。

街市之雜遝仍如舊志所說，但店家侵佔並不多見，只是在大街兩邊，就店外擺攤者極多，大抵自軒亭口至江橋，幾乎沿路接聯不斷，中間空路也就留存得有限，從前越中無車馬，水行用船，陸行用轎，所以如改正舊文，當云僅容肩興而已。

這些擺攤的當然有好些花樣，不曉得如今為何記不清楚，這不知究竟是為了年老健忘，還是嘴饞眼饞的緣故，記得最明白的卻是那些水果攤子，滿臺擺滿了秋白梨和蘋果，一堆一角小洋，商人大張著嘴在那裡嚷著叫賣。這種呼聲也很值得記錄，可惜也忘記了，只記得一點大意。石天基《笑得好》中有一則笑話，題目是「老虎詩」，其文曰：

「一人向眾誇說，我見一首虎詩，做得極好極妙，止得四句詩，便描寫已盡。傍人請問，其人曰，頭一句是甚的甚的虎，第二句是甚的甚的苦，傍人又曰，既是上二句忘了，可說下二句罷。其人仰頭想了又想，乃曰，第三句其實忘了，還虧第四句記得明白，是很得很的意思。」

市聲本來也是一種歌謠，失其詞句，只存意思，便與這老虎詩無異。叫賣的說東西賤，意思原是尋常，不必多來記述，只記得有一個特殊的例：賣秋白梨的大漢叫賣一兩聲，頻高呼曰，來馱哉，來馱哉，其聲甚急迫。這三個字本來也可以解為請來拿吧，但從急迫的聲調上推測過去，則更像是警戒或告急之詞，所以顯得他很是特別。

他的推銷法亦甚積極，如有長衫而不似寒酸或嗇刻的客近前，便云拿幾堆去吧。不待客人說出數目，已將臺上兩個一堆或三個一堆的梨頭用右手攬亂歸併，左手即抓起竹絲所編三文一隻的苗籃來，否則亦必取大荷葉捲成漏斗狀，一堆兩堆的盡往裡裝下去。客人連忙阻止，並說出需要的堆數，早已來不及，普通的顧客大抵不好固執，一定要他從荷葉包裡拿出來再擺好在臺上，所以只阻止他不再加入，原要兩堆如今已是四堆，也就多花兩個角子算了。

俗語云，掗賣情銷，上邊所說可以算作一個實例。路邊除水果外一定還有些別的攤子，大概因為所賣貨色小時候不大親近，商人又不是那麼大嚷大叫，所以不大注意，至今也就記不起來了。

與石板路有關聯的還有那石橋。這在江南是山水風景中的一個重要分子，在畫面上可以時常見到。紹興城裡的西邊自北海橋以次，有好些大的圓洞橋，可以入畫，老屋在東郭門內，近處便很缺少了，如張馬橋，都亭橋，大雲橋，塔子橋，馬梧橋等，差不多都只有兩三級，有的還與路相平，底下只可通小船而已。

禹跡寺前的春波橋是個例外，這是小圓洞橋，但其下可以通行任何烏篷船，石級也當有七八級了。雖然凡橋雖低而兩欄不是牆壁者，照例總有天燈用以照路，不過我所明瞭記得的卻又只是春波橋，大約因為橋較大，天燈亦較高的緣故吧。這乃是一支木竿高約丈許，橫木上著板制人字屋脊，下有玻璃方龕，點油燈，每夕以繩上下懸掛。

翟晴江《無不宜齋稿》卷一《甘棠村雜詠》之十七詠天燈云：

「冥冥風雨宵，孤燈一杠揭。熒光散空虛，燦逾田燭設。夜間歸人稀，隔林自明滅。」

這所說是杭州的事，但大體也是一樣。在民國以前，屬於慈善性的社會事業，由民間有志者主辦，到後來恐怕已經消滅了吧。其實就是在那時候，天燈的用處大半也只是一種裝點，夜間走路的人除了夜行人外，總須得自攜燈籠，單靠天燈是決不夠的。

拿了「便行」燈籠走著，忽見前面低空有一點微光，預告這裡有一座石橋了，這當然也是有益的，同時也是有趣味的事。

三十四年十二月二日記，時正聞驢鳴。

再談禽言

禽言詩蓋始於宋朝，這幾百年裡作品頗不少，但是寫得好的卻是難得看見。光緒己卯觀頮道人即楊浚編刊《小演雅》，集百禽言為一卷，又以鳥自呼名，鳥聲及通鳥語等分為續錄，別錄，附錄各一卷，以木活字印行，寒齋幸得有一冊。大抵為禽言詩者多意主諷刺，然而不容易用的恰好，往往得到這兩種毛病之一：抓住題目做，不免黏滯，而且又像是賦得體，此其一。離開題目，又太浮泛了，令人覺得何必硬要做這一篇，此其二。本來禽言多出於勉強，說穿固未免殺風景，卻也是實在的事。陸以湉著《冷廬雜識》卷六有禽言一則云：

「黃霽青觀察禽言詩引，謂江南春夏之交，有鳥繞村飛鳴，其音若家家看火，又若割麥插禾，江以北則曰淮上好過，山左人名之曰短募把鋤，常山道中又稱之曰沙糖麥果，實同一鳥也。余案此鳥即布穀，《爾雅》所謂鳲鳩鴶鵴者，是也，《本草釋名》又有阿公阿婆，脫卻布袴等音。陳造《布穀吟》序謂人以布穀為催耕，其聲曰脫了潑袴，淮農傳其言云郭嫂打婆，浙人解云一百八個，人以意測之，云云。吾鄉蠶事方興，聞此鳥之聲以為紫山看火，迨蠶事畢，則以為家家好過，蓋不待易地而其音且因時變易矣。」

王濟宏《籜廊瑣記》卷五記鳥聲云：

「李國揚，鳥聲也，俗傳國揚不知何許人，販茶六安，客死不歸，其妻化為是鳥，黔翼紺喙，形似鴝，啼呼之聲甚苦，吻際往往出血。朅來飛鳴麻埠楊家店等處，晝則呼李國揚，夕則呼天黑了，音甚了了。茶春始至，迨買茶客散，而此鳥亦不知何往。及余來蜀中，鄉間亦有是說，細審乃是子規。昔蜀人思望帝，聞子規鳴，皆曰望帝也，故蜀人以子規為望帝所化。合俗說乃知鳴者自發其響，而聽者各繹其音，亦如割麥插禾，阿公阿婆之類，俗說紛紜，方言傳訛，無足深辯云。」

這本也是老生常談，鳴者自發其響，聽者各繹其音，故禽言多因地或至因時而異，只要繹得有意思有風趣，也是很好的，無論用作詩料，或當作民間傳說去看。可惜這不大多，《小演雅》的一百個題目強半是強勉的，有點意思的不過十分之一，如泥滑滑，提壺盧，行不得也哥哥，不如歸去，割麥插禾，婆餅焦等，至於附屬的傳說更是缺少。

姑惡這一種似乎最可以有故事講了，可是據東坡《五禽言》的自注，也只是說，「姑惡，水鳥也，俗云婦以姑虐死，故其聲云。」婆餅焦項下，楊君注曰俟考，所引詩第一首是梅堯臣的《四禽言》，其詞云：「婆餅焦，兒不食。爾父向何之，爾母山頭化為石。山頭化石可奈何，遂作微禽啼不息。」這裡邊顯然藏著故事。

錢沃臣《樂妙山居集》，《蓬島樵歌》續編中有一首云：「婆餅焦兮婆餅焦，兒不食兮空悲號，生根不為抱兒石，千年萬年無相拋。」注云：「婆餅焦，禽言。俗傳幼兒失怙恃，養於祖母，歲饑不能得食，兒啼甚，祖母作泥餅煨於火以紿之，乃自經，而兒不知也，相繼餓斃，化為此鳥，故其聲如此。《情史》又云，人有遠戍者，其婦從山頭望之，化為鳥，時烹餅將為餉，使其子偵之，恐其焦不可食也，往見其母化此物，但呼婆餅焦也。《談薈》又云，鳴於麥秋，曰婆餅焦，兒不食。余讀書於山寺，常聞此鳥，聲甚悲慘。邑南鄉有抱兒石，宛然慈母之乳子。」

案象山地方俗說甚為悲苦，是本色的民間傳說，有老百姓的真情存在，與儒生在書房中所造者不同。《情史》所說便多支離處，但梅聖俞的詩似即根據此說，可知相傳亦已久矣。

商廷煥《味靈華館詩》卷五中有《補禽言》二首，小引云：「余讀禽言詩，見其語多諷刺，殆托鳥言以警世，使聞者知戒而已。但鳥之鳴也，土人以意測之，而各有不同。吾粵有黃雀者，春間鳴於園林城市之中，其音云大荷包。又有山鳥者，春夏之交棲於岩谷，其音云走不起爬爬。皆《禽經》所未備，爰作二章以補之。」

乾隆中無悶居士著《廣新聞》卷四中又有家家好一則云：

「客某遊中峰，時值亢旱，望雨甚切，忽有小鳥數十，黑質白章，喙如凫，鳴曰家家叫化，音了如人語。山中人嘩曰，此旱怪也，競奮槍網捕殺數頭。天雨，明日此鳥仍鳴，聽之變為家家好，家家好矣。」

因晴雨不同，禽言的解釋亦不同，這是常有的事，最顯明的例即是鳩鳴。鳩在吾鄉稱為野鵓鴿，亦云步姑，文人則曰斑鳩，范寅《越諺》卷上翻譯禽音之諺第十五中記之曰：

「渴殺鴣，渴殺鴣。呼雨。
掛掛紅燈，掛掛紅燈。呼晴。」

此兩種呼聲小時候常常聽到，覺得很像，也頗應驗。又記燕子鳴聲云：

「弗借嘸乃鹽，弗借嘸乃醋，
只要嘸乃高堂大屋讓我住住。」

嘸乃者，方言謂你們。此數語音調呢喃，深得燕語精神，又恰是小兒女語，故兒童無不喜誦之者。貓頭鷹夜叫，若曰掘汪掘汪。汪者小坑，道路凹處積水汪蕩，掘汪聯想到埋葬，故聞者甚為忌諱，唯山中人習聞，亦不以為意。又一則云：

「得過且過。早鳴。
明朝爬起早做窠。暮鳴。」

此蓋從寒號蟲的得過且過引伸出來，意在用以諷刺懶惰的人，但寒號蟲越中無此物，無從聞此啼聲，或云亦是鳩鳴，因傳說鳩性拙不能營巢，故為此語耳。馮雲鵬《紅雪詞》乙集卷一有禽言詞二十二首，其中亦有新題目，可以增補，但惜少說明也。

「一，折鳥窠兒曬。二，修破屋。通沙間有此鳥聲，張萼輝為予言。三，葉貴了。浙土有之，俗名天燕子。四，鍋裡麥屑粥。報麥鳥聲，通邑多有之。五，半花半稻。予在狼山側聞之，農人告語，是鳴半花半稻也，肖甚。六，桃花水滴滴。桃花鳥聲，其類甚小，予於石渚聞之，至則桃花水發矣，故土人譯其音云。」

這些題目都頗好，有興致補詠禽言者大可利用，但是更有意思的則因其出自民間，有些可以看出民眾生活的反映，故尤宜為留心民俗的學人所珍重也。

乙酉，夏至節。

關於遺令

蔣超伯《麓濵薈錄》卷四，有遺令一則云：

「六朝人最重遺令。《南史》王秀之傳，遺令，朱服不得入棺，祭則酒脯而已。世人以僕妾直靈助哭，當由喪主不純，至欲以多聲相亂，魂如有靈，吾當笑之。

張融傳，遺令曰，三千買棺，無製新衾，左手執《孝經》《老子》，右手執小品《法華經》。吾生平之風調，何至使婦人行哭失聲。

顧憲之傳，遺令曰，朔望祥忌，可權安小床，暫施幾席，惟下素饌，勿用牲牢。孔子云，雖蔬食菜羹瓜祭，必齋如者，本貴誠敬，豈求備物哉。

孫謙傳，年九十二，臨終遺令曰，棺足周身，壙足容棺，旐書爵里，無曰不然，旐表命數，差可停息，直就轜床，裝之以，以常所用者為魂車，他無所用。

沈麟士傳，遺令云，含珠以米，單衣幅巾，既殯不復立靈座，四節及祥權鋪席於地，以設玄酒之奠。人家相承漆棺，今不復爾，亦不須旐。成服後即葬，作冢令小，後祔更作小冢於濱，合葬非古也。不須轜車靈舫魌頭也，不得朝夕下食。

《北史》韋敻傳，以年老預戒其子等曰，吾死之日可斂舊衣，莫更新造，使棺足周屍，牛車載柩，墳高四尺，壙深一丈，其餘煩雜悉無用也。朝晡奠食，於事彌煩，吾不能頓絕爾輩之情，可朔望一奠而已，仍薦蔬素，勿設牲牢。親友欲以物弔祭者，並不得為受。

以上各說未嘗非達觀，乃陶貞白遺令，明器有車馬道人道士，並在門中，道人左，道士右，百日內夜常燃燈，旦常香火。煩雜殊甚，非高遁之風矣。」

案陶隱居雖以神虎門掛冠得名，其人實道士耳，所著書唯關於《本草》之別錄差有意義，若《真誥》則是鬼畫符，非迷則妄矣。大抵關於此事唯信神滅者始能徹底安於虛無，次則學佛老者亦庶幾以淡泊為旨，若方士既求長生，其看不透正是難怪。

六朝末的顏之推著《家訓》，有《終制》一篇，文情均勝，可為學佛者之一例，其中云：

「一日放臂，沐浴而已，不勞復魄，殮以常衣。先夫人棄背之時，屬世荒饉，家塗空迫，兄弟幼弱，棺器率薄，藏內無磚。吾當松棺二寸，衣帽以外一不得自隨，床上唯施七星板，至於蠟弩牙玉豚錫人之屬，並須停省，糧罌明器，故不得營，碑誌旒旐，彌在言外。載以鱉甲車，襯土而下，平地無墳，若懼拜掃不知兆域，當築一堵低牆於左右前後，隨為私記耳。

「靈筵勿設枕几，朔望祥禫，唯下白粥清水乾棗，不得有酒肉餅果之祭，親友來餟酹者，一皆拒之。汝等若違吾心，有加先妣，則陷父不孝，在汝安乎。其內典功德，隨力所至，勿刳竭生資，使凍餒也。四時祭祀，周孔所教，欲人勿死其親，不忘孝道也，求諸內典則無益焉，殺生為之，翻增罪累，若報罔極之德，霜露之悲，有時齋供，及七月半盂蘭盆，望於汝也。」

同是學佛人而意見稍有不同者，則有李卓吾，但他已是明季的人，前後相去已有千年了。據李氏《續焚書》載其遺言，係七十六歲時在通州所書。文云：

「春來多病，急欲辭世，幸於此辭。落在好朋友之手，此最難事，此予最幸事，爾等不可不知重也。倘一旦死，急擇城外高阜，向南開作一坑，長一丈，闊五尺，深至六尺即止。既如是深，如是闊，如是長矣，然後就中復掘二尺五寸深土，長不過六尺有半，闊不過二尺五寸，以安予魄。既掘深了二尺五寸，則用蘆席五張，填平其下而安我其上，此豈有一毫不清淨者哉。我心安焉，即為樂土，勿太俗氣，搖動人言，急於好看，以傷我之本心也。雖馬誠老能為厚終之具，然終不如安予心之為愈矣。

「此是予第一要緊言語。我氣已散，即當穿此安魄之坑。未入坑時，且閣我魄於板上，用予在身衣服即止，不可換新衣等，使我體魄不安，但面上加一掩面，頭照舊安枕，而加一白布中單，總蓋上下，用裹腳布廿字交纏其上，以得力四人平平扶出。待五更初開門時，寂寂抬出，到於壙所，即可裝置蘆席之上，而板復抬回以還主人矣。

「既安了體魄，上加二三十根椽子，橫閣其上，閣了仍用蘆席五張鋪於椽子之上，即起放下原土，築實使平，更加浮土，使可望而知其為卓吾子之魄也。周圍栽以樹木，墓前立一石碑，題曰李卓吾先生之墓，字四尺大，可托焦漪園書之，想彼亦必無吝。爾等欲守者，須是實心要守。果是實心要守，馬爺決有以處爾等，不必爾等驚疑。若實與予不相干，可聽其自去。我生時不著親人相隨，歿後亦不待親人看守，此理易明，幸勿移易我一字一句。二月初五日卓吾遺言，幸聽之，幸聽之。」

這遺言的對象大概是幾個從人，故其言直捷了當，只指示埋葬事宜，不說及祭祀，由此亦可知卓吾之去儒入釋，目的與削髮住寺相同，其歸心之程度與顏君殆有異也。葬法極佳，唯墓碑似太大，在萬曆時價當甚廉，故亦未可算費耳，至云板復抬回以還主人，頗有幽默之味，想見卓老此時情意透徹，已是爐火純青之候，故涉筆成趣，為各家遺令所未曾有。

卓吾寫遺言之翌月，閏二月廿二日乃為張問達所劾，以惑世誣民被拿，三月十六日卒於獄。遺言後汪本鈳附記云：「聞之陶子曰，卓老三月遇難，竟歿於鎮撫司。疏上，旨未下，當事者掘坑藏之，深長闊狹及蘆席纏蓋，詎意竟如其言。此則預為之計矣，誰謂卓老非先見耶。」

李卓吾太重情理，一肚皮不合禮教的，隨時發洩，終於為守正統之士大夫所害死，此是中國文化思想史上的一大事，為後人所不能忘記，但在李君則可謂如願以償，殆未必有甚麼怨懟耳。

比李卓吾更徹底的要算是楊王孫的裸葬。《前漢書》楊王孫傳云：

「楊王孫者，孝武時人也，學黃老之術，家業千金，厚自奉養，生無所不致，及病且終，先令其子曰，吾欲裸葬以反吾真，必毋易吾意，死則為布囊盛屍，入地七尺，既下從足引脫其囊，以身親土。」

傳中又載王孫友人祁侯遺書勸止，王孫覆書，皆極佳妙，覆書中有云：

「裹以幣帛，隔以棺槨，支體絡束，口含玉石，欲化不得，鬱為枯臘。千載之後，棺槨朽腐，乃得歸土，就其真宅。由是言之，焉用久客。」祁侯稱善，遂從命裸葬云。

《西京雜記》丙卷記其事云：

「楊貴字王孫，京兆人也，生時厚自奉養，死卒裸葬於終南山。其子孫掘土鑿石，深七尺而下屍，上覆蓋之以石，欲儉而反奢也。」

案《雜記》署劉歆撰，歆本係人，即使著作非偽，亦只代表士大夫的正統意見，對於非常的行事表示其不滿而已，其實裸葬矯俗，本意不在省費，且掘土鑿石所費之錢亦未必多也。陶淵明《自祭文》末，亦徇俗說云，儉笑王孫，而

《飲酒》之十一云，客養千金軀，臨化消其寶，裸葬何必惡，人當解意表。則陶公畢竟是解人也。

以布囊盛屍入坑的辦法殊妙，及後再從足引脫其囊，風趣有似卓老，此殆是學黃老者之妙味，余人未能及也。聞宋時有吃菜事魔之教，其祖師是張角，與天師道似又不同，教徒死時盛衣冠，有長老二人坐頭足邊，問生時有衣服冠履否，答曰無，則一一去之，末問生時帶來何物，曰有胞衣，乃以白布袋盛屍，埋諸土中云。

其方法與王孫相似，且無去袋之煩，惜出於土俗密教，又有秘儀禮式，不為大雅所取耳。畢竟葬者藏，因此空不如水，水不如土，已有定論，但土又不如火，則西天荼毗法實為第一，而先哲少言及之者，固由教俗道殊，亦或似儉反奢，以視李卓吾遺言所云，事煩費重，當過數倍也。

乙酉年十一月十二日

讀書疑

《讀書疑》甲集四卷，劉家龍著，道光丙午年刊，至今剛是一百年。著者履歷未詳，但知其為山東章丘人，此書匯錄壬寅至乙巳四年中讀書札記，刊刻與紙墨均極劣，而其意見多有可取者。如卷四云：

「通天地人謂之儒，通天地而不通人謂之術。或問通人而不通天地則何如，余曰，此非儒所能，必堯舜孔子也。堯不自作曆而以命羲和，孔子不自耕而曰吾不如老農，然則儒之止於儒者，正以兼通天地也。」

此言似奇而實正，兼通天地未必有害，但總之或以此故而於人事未能盡心力，便是缺點。

從來儒者所學大抵只是為臣之事，所謂內聖外王不過是一句口頭禪，及科舉制度確立，經書與時文表裡相附而行，於是學問與教育更是混亂了。

卷四云：

「孔子雅言，《詩》《書》執《禮》而已。《易》則三代以前之書，《春秋》則三代之末所用，故皆緩之也。場屋之序，考試之體，非為學之序也。」

卷二云：

「周禮以《詩》《書》《禮》《樂》教士，孔子以《詩》《禮》訓子，而雅言亦止添一《書》。程子曰，《大學》入德之門，亦未言童子當讀也。朱子作《小學》，恐人先讀《大學》也。自有明以制義取士，三歲孩子即讀《大學》，明新至善為啟蒙之說矣，遂皆安排作狀元宰相矣。」

又卷一云：

「靈臺本遊觀之所，而於中置辟雍，泮林亦遊觀之地，而於中置泮宮。孔子設教於杏壇，曾子亦曰無傷我薪木，書房之栽花木，其來遠矣。今則科場用五經，無暇及此，亦時為之也。」

卷二講到以經書教子弟，有一節云：

「金聖歎曰，子弟到十餘歲，必不能禁其見淫書，不如使讀《西廂》，則好文而惡色矣。或曰，曲終奏雅，曲未半心已蕩，奈何，不如勤課以詩書。然吾見勤課者非成書呆，即叛而去耳，要之教子一事難言哉，唯身教為善耳。父所交皆正人，則在其所者皆薛居州也，誰與為不善。」

末了說的有點迂闊，大意卻是不錯的，他說教子一事難言哉確是老實話，這件事至今也還沒有想出好辦法，現代只有性教育這一種主張，其實根本原與金聖歎相同，不過有文與實之分而已。

前者憑藉文人的詞章，本意想教讀者好文而惡色，實在也不無反要引人入勝之虞，後者使用自然的事實，說的明白，也可以看得平淡，比較的多有效力。劉君對於聖嘆的話雖然不能完全贊同，但他覺得子弟或不必給《西廂》讀，而在成人這卻是有用的。如卷四云：

「何謂聖人？費解之書愛之而不讀，難行之書愛之而不讀，是聖人也。食糞土，食珠玉，其為愚人一也。邪淫之書卻不可不讀，蔬食菜羹之味不可不知也。故聖人不刪鄭風。」

又卷一云：

「余喜作山歌俗唱梆子腔姑娘柳鼓兒詞，而不喜作古近體詩，尤不喜作試帖。孔子言思無邪，又曰興觀群怨，皆指風言。山歌俗唱，風也。古近體，雅也。試帖，頌也。今不讀山歌俗唱梆子腔梆子戲者，想皆翻孔子案，別撰堯舜二詩置於《關雎》前者也。若此之人，宜其胸羅萬卷之書，諳練歷代之典，而於人情物理一毫不達也。」

這個意思本是古已有之，袁中郎在所撰《敘小修詩》中云：

「故吾謂今之詩文不傳矣，其萬一傳者，或今閭閻婦人孺子所唱擘破玉打草竿之類，猶是無聞無識真人所作，故多真聲，不效顰於漢魏，不學步於盛唐，任性而發，尚能通於人之喜怒哀樂嗜好情欲，是可喜也。」

此種意見看似稍偏激，其實很有道理，但是世人仍然多做雅頌，絕少有寫山歌者，乃是因為真聲不容易寫，文情不能缺一，不如假古董好仿做也。

卷三有一則云：

「楊墨佛老皆非真邪教也，由學術之偏而極其甚者也。《呂刑》曰，乃命重黎絕地天通。地天通不知何人所作，不知成書幾卷，乃千古邪教之祖也，其書雖不傳，以其字義揣之，殆今之《陰騭文》《功過格》也。堯舜於地天通則禁絕之，今之富民於《陰騭文》《功過格》則刻之傳之，可謂賢於堯舜矣。」

案《尚書》注云，使民神不擾，各得其序，是謂絕地天通，今謂是邪教經典似無典據，唯其排斥《陰騭文》《功過格》的意見我極為贊同，中國思想之弄得烏煙瘴氣，一半由於此類三教混合的教義，如俞理初所言，正可謂之愚儒莠書也。

劉君深惡富民之傳刻邪教之書，不知儒生的關係更大，近代秀才幾乎無不兼道士者，惠定宇尚不能免，即方苞亦說罵朱子者必絕後，迷信慘刻，與巫道無異，若一般求富貴者非奔走權門則唯有乞靈於神鬼，此類莠書之製作宣揚傳佈皆是秀才們所為，富民不過附和，其責任並不重大。

鄙人不反對民間種種禱祀，希求得福而免禍，唯一切出於儒生造作之莠書曲說至為憎惡，往見張香濤等二三人言論，力斥扶乩及談《陰騭文》等為魔道，今又得劉君，深喜不乏同調，但前後百年，如《笑贊》中所說，聖人數不過五，則亦大是可笑耳。

書中多有不關重要問題，隨筆記錄者，自具見解，頗有風趣，雖或未必盡當，亦復清新可喜。如卷一云：

「古者以蕭為燭，如今之火把，故須人執之也。六代時已有木奴，代人執燭。杜詩，何時秉銀燭，銀已是臘燭矣，何用人執之耶，而韓忠獻在軍中閱文書，執燭之卒爇其鬚，則何故耶。諛墓者空中樓閣，修史者依樣壺盧，類如此。」又卷三云：

「古人祭祀納金示情，唐明皇東封金不足用，張說請以楮代之，此紙錢之始也。吳谷人《墦間乞食》詩云，歸路紙錢風，可謂趣矣，若據為用紙錢之考證則呆矣。」又云：

「《聊齋》者不得第之人故作唱本以娛人耳，後人尊之太過，反失其實矣。即如其首篇《考城隍》云，堂上十餘官，唯識關壯繆。夫紅臉長鬚者戲臺之壯繆耳，其本來面目亦如此乎。鄉人入朝房，謂千官皆忠臣，問何以知之，曰奸臣皆滿臉抹粉也。《聊齋》之言與此何異。又如有心為善，善亦不賞，豈復成說話乎。」

此處批評蒲君，似乎太認真，但亦言之成理。古語云，先知不見重於故鄉，《聊齋》恐亦難免此例。若武松之在清河，張飛之在涿州，則又是別一例，蓋英雄豪傑唯從唱本中鑽出來的乃為群眾所擁戴，放翁詩云，身後是非誰管得，滿村聽唱蔡中郎，即其反面也。

「顏路請子之車，是時孔子之年七十二矣，是孔顏老而貧也。孟子後喪逾前喪，是老而富也，其故何也。春秋之君不養士，故鄭有青衿，刺學校廢也。戰國之國爭養客，故雞鳴狗盜皆上客也。士即筮仕，亦止為小官，而所任則府史之職，但作文章而已。故孔子主顏讎由，而其告哀公曰，尊賢不惑，敬大臣乃不眩也。客則直達於君，而受虛職焉。故孟子館於雪宮，又館於上宮，且為客卿而出吊也。是則春秋無客，戰國無士矣。

「古之人君不甚貴，臣不甚賤，故不分流品，春秋尚然，至戰國則君驕臣諂，臣不敢任事，亦不能任事，而有才者皆為客矣。此書院之膏火所以廉，而稱知縣曰父師，幕客之束修所以重，而稱知縣曰東家也。孔子必聞其政，則子禽以為奇事，孟子傳食諸侯，而景春謂其不急於求仕，皆此之由也。」

這一則在第四卷之末，說孔孟貧富的原因很是詳細，說得像煞有介事的，覺得很有意思，中間書院膏火與幕友束修的比較更為巧妙，著者的深刻尖新的作風很可以看得出來。

但是，在上邊所引的文章裡邊，這一則似乎最漂亮，一面說起來卻也是比較的差，因為這樣的推究容易出毛病，假如材料不大確實，假設太奇突，心粗手滑，便成謬說。我們這裡引了來看他怎麼說，並不要一定學他說，重要的還是在前邊的那幾節，其特點在通達人情物理，總是平實無弊者也。

乙酉年五月二十五日

東昌坊故事

余家世居紹興府城內東昌坊口，其地素不著名，唯據山陰呂善報著《六紅詩話》，卷三錄有張宗子《快園道古》九則，其一云：

「蘇州太守林五磊素不孝，封公至署半月即勒歸，予金二十，命悍僕押其抵家，臨行乞三白酒數色亦不得，半途以氣死。時越城東昌坊有貧子薛五者，至孝，其父於冬日每早必赴混堂沐浴，薛五必攜熱酒三合禦寒，以二雞蛋下酒。袁山人雪堂作詩云：三合陳醑敵早寒，一雙雞子白團團，可憐蘇郡林知府，不及東昌薛五官。」

又《毛西河文集》中題羅坤所藏呂潛山水冊子，起首云：

「王子秋遇羅坤蔣侯祠下，屈指揖別東昌坊五年矣。」

關於東昌坊的典故，在明末清初找到了兩個，也很可以滿意了。

東昌坊口是一條東西街，南北兩面都是房屋，路南的屋後是河，西首架橋曰都亭橋，東則曰張馬橋，大抵東昌坊的區域便在此二橋之間。張馬橋之南曰張馬衖，亦云綢緞衖，北則是丁字路，迤東有廣思堂王宅，其地即土名廣思堂，不知其屬於東昌坊或覆盆橋也。

都亭橋之南曰都亭橋下，稍前即是讓簷街，橋北為十字路，東昌坊口之名蓋從此出，往西為秋官第，往北則塔子橋，狙擊琵八之唐將軍廟及墓皆在此地。我於光緒辛丑往南京以前，有十四五年在那裡住過，後來想起來還有好些事情不能忘記，可以記述一點下來。

從老家到東昌坊口大約隔著十幾家門面，這條路上的石板高低大小，下雨時候的水汪，差不多都還可想像，現在且只說十字路口的幾家店鋪吧。東南角的德興酒店是老鋪，其次是路北的水果攤與麻花攤，至於西南角的泰山堂藥店乃是以風水卜卦起家，綽號矮癩胡的申屠泉所開，算是暴發戶，不大有名望了。

關於德興酒店，我的記憶最為深遠。我從小時候就記得我家與德興做賬，每逢忌日祭祀，常看見用人拿了經摺子和酒壺去取摻水的酒來，隨後到了年節再酌量付還。我還記得有一回，大概是七八歲的時候，獨自一人走到德興去，在後邊雅座裡找著先君正和一位遠房堂伯在喝老酒。他們稱讚我能幹，分下酒的雞肫豆給我吃，那時的長方板桌與長凳，高腳的淺酒碗，裝下酒鹽豆等的黃沙粗碟，我都記的很清楚，雖然這些東西一時別無變化，後來也仍時常看見。

連帶的使我不能忘記的是酒店所有的各種過酒胚，下酒的小吃，固然這不一定是德興所做的最好，不過那裡自然具備，我們的經驗也是從那裡得來的。雞肫豆與茴香豆都是其中重要的一種。七年前在《記鹽豆》的小文中曾說：

「小時候在故鄉酒店常以一文錢買一包雞肫豆，用細草紙包作纖足狀，內有豆可二三十粒，乃是黃豆鹽煮漉乾，軟硬得中，自有風味。」

為什麼叫作雞肫的呢？其理由不明了，大約為的是嚼著有點軟帶硬，彷佛像雞肫似的吧。茴香豆是用蠶豆，越中稱作羅漢豆所製，只是乾煮加香料，大茴香或是桂皮，也是一文錢起碼，亦可以說是為限，因為這種豆不曾聽說買上若干文，總是一文一把抓，夥計即酒店官他很有經驗，一手抓去數量都差不多，也就擺作一碟，雖然要幾碟或幾把自然也是自由。此外現成的炒洋花生，豆腐乾，鹹豆豉等大略具備，但是說也奇怪，這裡沒有葷腥味，連皮蛋也沒有，不要說魚乾鳥肉了。本來這是賣酒附帶喝酒，與飯館不同，是很平民的所在，並不預備闊客的降臨，所以只有簡單的食品，和樸陋的設備正相稱。

上邊所說這些豆類都似乎是零食，在供給酒客之外，一部分還是小孩們光顧買去，此外還有一兩種則是小菜類的東西，人家買去可以作臨時的下飯，也是很便利的事。其一名稱未詳，只是在陶缽內鹽水煮長條油豆腐，彷彿是一文錢一個，臨買時裝在碗裡，上面加上些紅辣茄醬。這製法似乎別無巧妙，不知怎的自己煮來總不一樣，想吃時還須得拿了碗到櫃上去買。

其二名曰時蘿蔔，以蘿蔔帶皮切長條，用鹽略醃，再以紅黴豆腐鹵漬之，隨時取食。此皆是極平常的食物，然在素樸之中自有真味，而皆出自酒店店頭，或亦可見酒人之真能知味也。

東北角的水果攤其實也是一間店面，西南兩面開放，白天撤去排門，臺上擺著些水果，似攤而有屋，似店而無招牌店號，主人名連生，所以大家並其人與店稱之曰水果連生云。平常是主婦看店，水果連生則挑了一擔水果，除沿街叫賣外，按時上各主顧家去銷售。這擔總有百十來斤重，挑起來很費氣力，所以他這行業是商而兼工的，有些主顧看見他把這一副沉重的擔子挑到內堂前，覺得不大好意思讓他原擔挑了出去，所以多少總要買他一點，無論是楊梅或是桃子。

東昌坊距離大街很遠，就是大雲橋也不很近，臨時想買點東西只好上水果連生那裡去，其價錢較貴也可以說是無怪的。小時候認識一個南街的小破腳骨，自稱姜太公之後，他曾說水果連生所賣的水果是仙丹，所以那麼貴，又一轉而稱店主人曰華陀，因為仙丹當然只有華陀那裡發售。

都亭橋下又有一家沒有招牌的店，出賣葷粥，後來改賣餛飩和麵，店更繁昌起來了。主人姓張，曾租住我家西邊餘屋，開棺材店多年，我的曾祖母是很嚴格的人，可是沒有一點忌諱，真很可佩服。我還記得牆上黑字寫著張永興字號，龍遊壽枋等語。這張老闆一面做著壽材，一面在住家製葷粥出售。葷粥一名肉骨頭粥，係從豬肉店買骨頭來煮粥，食時加蔥花小蝦米及醬油，每碗才幾文錢，價廉而味美，是平民的好食品，雖然紳士們不大肯屈尊光顧。

我們和姜君常常去吃，有一天已經吃下大半碗去了的時候，姜君忽然正色問道，你們沒有放下什麼毒藥麼？這一句話問的張老闆的兒子媳婦啞口無言，不知道怎麼回答才好，姜君乃徐徐說道，我怕你們兜攬那面的生意呢。店裡的人只好苦笑，這其實也是真的，假如感覺敏捷一點的人想到店主人的本業，心裡難免有這種疑問，不過不好說出來罷了。

這葷粥的味道至今未能忘記，雖然這期間已經有了四十多年的間隔，上月收到長女的乳母訴苦的信，說米價每升已至三四千元，葷粥這種奢侈食品，想必早已沒有了吧。因為這樣的緣故，把多少年前的地方和情狀記錄一點下來，或者也不是全無意思的事。

乙酉（一九四五年）七月四日。

焦里堂的筆記

清朝後半的學者中間，我最佩服俞理初與郝蘭皋，思想通達，又頗有風趣，就是在現代也很難得。但是在此二人之外，還可以加上一個，這便是焦里堂。

《雕菰樓集》以及《焦氏遺書》還是去年才買來的，《易餘龠錄》二十卷卻早已見到了，最初是木犀軒刻板的單行本，隨後在木犀軒叢書全部中，其中還有焦君的《論語通釋》一卷。《龠錄》本是隨筆，自經史政教詩文曆律醫卜以至動植無不說及，其中我所最喜歡的是卷十二的一節，曾經引用過好幾次，現在不禁又要重抄一遍，其文曰：

「先君子嘗曰，人生不過飲食男女，非飲食無以生，非男女無以生生。惟我欲生，人亦欲生，我欲生生，人亦欲生生，孟子好貨好色之說盡之矣。不必屏去我之所生，我之所生生，但不可忘人之所生，人之所生生。循學《易》三十年，乃知先人此言聖人不易。」

焦君這裡自述其家學，本來出於《禮記》，而發揮得特為深切著明，稱為聖人不易，確實不虛。戴東原《孟子字義疏證》卷下論權第五條，反對釋教化的儒生絕欲存理之主張，以為天下必無捨生養之道而得存者，君子亦無私而已矣，不貴無欲，後又申明之曰：

「夫堯舜之憂四海困窮，文王之視民如傷，何一非為民謀其人欲之事，惟順而導之，使歸於善。」

戴氏此項意見可以說是與古聖人多相合，清末革命思想發生的時候，此書與《原善》均有翻印，與《明夷待訪錄》同為知識階級所尊重，焦里堂著《論語通釋》及集中《性善解》等十數篇，很受戴氏的影響，上文所引的話也即是一例。本是很簡單的道理，而說出來不容易，能瞭解也不容易，我之所以屢次引用，蓋有感於此，不僅為的我田引水已也。

但是這裡我想抄錄介紹的卻並非這些關於義理的話，乃是知人論世，實事求是的部分，這是於後人最有益的東西。如卷八有一則云：

「《漢書》霍光傳，光廢昌邑王，太后被珠襦，盛服坐武帳中。如淳曰，以珠飾襦也。晉灼曰，貫以為襦，形若今革襦矣。按此太后即昭帝上官皇后也，《外戚傳》言六歲入宮立為皇后，昭帝崩時后年十四五，當昌邑王廢時去昭帝崩未遠，然則太后僅年十四五耳，故衣珠襦，讀詔至中太后遽曰止，全是描摹童稚光景，說者以為班氏效左氏魏絳和戎篇后羿何如之筆法，尚影響之見也。

「晉靈公立於文公六年，穆嬴常抱之，至宣公二年亦僅十四五耳，從臺上彈人而觀其辟丸，熊蹯不熟，殺宰夫寘諸畚，皆童稚所為。故讀史必旁覽博證，其事乃見，僅就一處觀之，則珠襦之太后以為老婦人，嗾獒之靈公且以為長君，以老婦而著珠襦，以長君而棄人用犬，遂出情理之外矣。」

此則所說可謂讀書的良法，做學問的人若能如此用心，一隅三反，自然讀書得間，能夠切實的瞭解。這一方面是求真實，在別方面即是疾虛妄，《龠錄》卷二十中實例很多，都很有意思，今依次序抄錄數則於後：

「《鶴林玉露》言，陸象山在臨安市肆觀棋，如是者累日，乃買棋局一副，歸而懸之室中，臥而仰視之者兩日，忽悟曰，此河圖數也，遂往與棋對，棋工連負二局，乃起謝曰，某是臨安第一手棋，凡來著者俱饒一先，今官人之棋反饒得某一先，天下無敵手矣。此妄說也。天下事一技之微非習之不能精，未有一蹴便臻其極者，至云河圖數尤妄，河圖與棋局絕不相涉，且河圖當時傳自陳希夷者無甚深奧，以此悟之於棋，遂無敵天下，尤妄說也。此等不經之談，最足誤人，所關非細故也。」

「《酉陽雜俎》記一行事，言幼時家貧，鄰母濟之，後鄰母兒有罪求救於一行，一行徙大甕於空室，授奴以布囊，屬以從午至昏有物入來其數七，可盡掩之，奴如言往，有豕至悉獲寘甕中。詰朝中使叩門急召至便殿，玄宗問曰，太史奏昨夜北斗不見，何祥也。一行請大赦天下，從之，其夕太史奏北斗一星見，凡七日而復。

「按一行精於天算，所撰《大衍術》最精，然非迂怪之士也，當時不學之徒不知天算之術，妄為此言耳。近時婺源江慎修通西術，撰《翼梅》等書，亦一行之儔也，有造作《新齊諧》者稱其以筒寄音於人，以口向筒言，遠寄其處，受者以耳承之，尚聞其聲。又稱其一日自沉於水，或救之起，曰，吾以代吾子也，是日其子果溺死。此傳會誣蠛，真令人髮指。

「嘉慶庚申六月阮撫部在浙拒洋盜於松門，有神風神火事（余別有記記之，在《雕菰集》），遂有傳李尚之借風者。尚之精天算，為一行之學者也，余時在浙署，與尚之同處誠本堂，尚之實未從至松門。大抵街談巷議，本屬無稽，而不學者道聽塗說，因成怪妄耳。」

「《宋史》，龐安常治已絕婦人，用針針其腹，腹中子下而婦蘇，子下子手背有針跡。舊《揚州府志》乃以此事屬諸儀征醫士殷榘，而牽合更過其實，前年余修《府志》乃芟去而明辨之。又有一事與此相類。相傳高郵老醫袁體庵家有一僕病咳喘，袁為診視，曰不起矣，宜急歸。其僕丹徒人，歸而求治於何澹庵，何令每日食梨，竟癒。明年復到袁所，袁大驚異，云云。按此事見於《北夢瑣言》，亦如龐安常事傳會於殷也（案，原本錄有《北夢瑣言》原文，今略。）。所傳袁何之事，正是從此傳會。余每聽人傳說官吏斷獄之事，或妖鬼，大抵皆從古事中轉販而出，久之忘其所從來，偶舉此一端，以告世之輕信傳聞者。」

「張世南《遊宦紀聞》記僧張鋤柄事云，張一日遊白面村，有少婦隨眾往謁，張命至前，痛嘬其頸，婦號呼，觀者哄堂大哂。婦語其夫，夫怒奮臂勇往詬罵，僧笑曰，子毋怒，公案未了，宜令再來。罵者不聽，居無何婦以他恚投繯以死。此即世所傳僧濟顛事，大約街談巷議，轉相販易，不可究詰。

「乾隆己酉庚戌間，郡城西方寺有遊僧名蘭谷者，出外數十年歸，共傳其異，舉國若狂，余亦往視之，但語言不倫，無他異，未幾即死。至今傳其事者尚籍籍人口，大抵張冠李戴，要之濟顛囁頸之事販自張鋤柄，而張鋤柄之囁頸不知又販自何人，俗人耳食，多張世南，往往傳諸口筆之書，遂成故事矣。宋牧仲《筠廊偶筆》記揚州水月庵杉木上儼然白衣大士像，鸚鵡竹樹善才皆具，費滋衡親驗此木，但節間蟲蠹影響略似人形，作文辨其訛。」

這幾則的性質都很相近，對於世俗妄語輕信的惡習痛下針砭，卻又說的很好，比普通做訂訛正誤工作的文章更有興趣。我們只翻看周櫟園的《同書》和禹門福申的《續同書》，便可看見許多相同的事，有的可以說是偶合，有的出於轉販，或甲有此事，而張冠李戴，轉展屬於乙丙，或本無其事，而道聽塗說，流傳漸廣，不學者乃信以為真。

最近的例如十年前上海報上說葉某受處決，作絕命詩云，黃泉無客店，今夜宿誰家。案此詩見於《玉劍尊聞》，云是孫蕡作，又見於《五代史補》，云是江為作，而日本古詩集《懷風藻》中亦載之，云是大津皇子作，《懷風藻》編成在中國唐天寶之初，蓋距今將千二百年矣。

此種辨證很足以養成讀書力，遇見一部書一篇文或一件事，漸能辨別其虛實是非，決定取捨，都有好處，如古人所云，開卷有益，即是指此，非謂一般的濫讀妄信也。

焦里堂的這些筆記可以說是繡出鴛鴦以金針度人，雖然在著者本無成心，但在後人讀者對於他的老婆心不能不致感謝之意。焦君的學問淵博固然是很重要的原因，但是見識通達尤為難得，有了學問而又瞭解物理人情，這才能有獨自的正當的見解，回過去說，此又與上文所云義理相關，根本還是思想的問題，假如這一關打不通，雖是有學問能文章也總還濟不得事也。

關於焦里堂的生平，有阮雲臺所作的傳可以參考，他的兒子廷琥所作《先府君事略》，共八十八則，紀錄一生大小事蹟，更有意思。其中一則云：

「湖村二八月間賽神演劇，鐃鼓喧闐，府君每攜諸孫觀之，或乘駕小舟，或扶杖徐步，群坐柳陰豆棚之間。花部演唱，村人每就府君詢問故事，府君略為解說，莫不鼓掌解頤。府君有《花部農談》一卷。」

案焦君又著有《劇說》六卷，其為學並不廢詞曲，可見其氣象博大，清末學者如俞曲園譚復堂平景孫諸君亦均如此，蓋是同一統系也。

焦君所著《憶書》卷六云：

「余生平最善容人，每於人之欺詐不肯即發，而人遂視為可欺可詐，每積而至於不可忍，遂猝以相報。或見余之猝以相報也，以余為性情卞急，不知余之病不在卞急而正坐姑息。故思曰容，容作聖，必合作肅作乂作哲作謀，否則徒容而轉至於不能容矣。自知其病，乃至今未能改。」

此一節又足以見其性情之一斑，極有價值。昔日讀郝蘭皋的《曬書堂詩抄》，卷下有七律一首，題曰，余家居有模糊之名，年將及壯，志業未成，自嘲又復自勵。又《曬書堂筆錄》卷六中有模糊一則，敘述為奴僕所侮，多置不問，由是家人被以模糊之名，笑而頷之。焦郝二君在這一點上也有相似之處，覺得頗有意思。

照我的說法，郝君的模糊可以說是道家的，他是模糊到底，心裡自然是很明白的。焦君乃是儒家的，他也模糊，但是有個限度，過了這限度就不能再容忍。這個辦法可以說是最合理，卻也最難，容易失敗，如《憶書》所記說的很明白。前者有如佛教的羼提，已近於理想境，雖心嚮往之而不能至，若後者雖不免多有尤悔，而究竟在人情中，吾輩凡人對之自覺更有同感耳。

一九四五年四月十五日

凡人的信仰

宗教的信仰，有如佛教基督教的那一類信仰，我是沒有，所以這裡所用信仰一語或者有點不妥貼，亦未可知。我是不相信鬼神的存在的，但是不喜歡無神論者這名稱，因為在西洋通行，含有非聖無法的意味，容易被誤解，而無鬼論者也有阮瞻在前，卻終於被鬼說服，我們未必是他一派。

我的意見大概可以說是屬於神滅論的，據《梁書》所載其要旨為形存則神存，形謝則神滅，後又引申之云：

「形者神之質，神者形之用。神之於質猶利之於刀，形之於用猶刀之於利。利之名非刀也，刀之名非利也，然而捨利無刀，捨刀無利。未聞刀沒而利存，豈容形亡而神在。」

范子真生於齊梁之際，去今將千五百年，卻能有如此乾脆的唯物思想，的確很可佩服。其實王仲任生在范君四百年前已經說過類似的話，如《論衡·論死第六十二》中云：

「人之死猶火之滅也，火滅而耀不照，人死而知不惠，二者宜同一實，論者猶謂死者有知，惑也。人病且死，與火之且滅何以異。火滅光消而燭在，人死精亡而形存，謂人死有知，是謂火滅復有光也。」

但是當時我先讀《弘明集》，知道神滅論，比讀《論衡》更早，而且蕭老公身為皇帝，親自出馬，率令群臣加以辯難，更引起人的注意，後來講到這問題，總想起范君的名論來。既不上引王仲任，也不近據唯物論，即為此故也。這樣說來，假如信仰必以超自然為對象，那麼我便不能說是有信仰，不過這裡只用作意見來講也似不妨，反正說的本是凡人，並非賢者，讀者自當諒解，不至責備也。

上邊順便說明了我對於神鬼的意見，以為是無神亦無鬼，這種態度似乎很是硬性，其實卻並不然。關於鬼，我只是個人不相信他有而已，對於別人一點都不發生什麼關係。我在《鬼的生長》一文中曾說道：

「我不信鬼，而喜歡知道鬼的事情，此是一大矛盾也。雖然，我不信人死為鬼，卻相信鬼後有人，我不懂什麼是二氣之良能，但鬼為生人喜懼願望之投影，則當不謬也。陶公千古曠達人，其《歸園田居》云，人生似幻化，終當歸空無，《神釋》云，應盡便須盡，無復更多慮，在《擬輓歌辭》中則云，欲語口無音，欲視眼無光，昔在高堂寢，今宿荒草鄉。陶公於生死豈尚有迷戀，其如此說於文詞上固亦大有情致，但以生前的感覺推想死後況味，正亦人情之常，出於自然者也。

「常人更執著於生存，對於自己及所親之翳然而滅，不能信亦不願信其滅也，故種種設想，以為必繼續存在，其存在之狀況則因人民地方以至各自的好惡而稍稍殊異，無所作為而自然流露，我們聽人說鬼實即等於聽其談心矣。」

我的無鬼論因此對於家庭社會的習俗別無顯著的影響，所要者不在倉卒的改革，若能更深切的理解其意義，乃是更有益於人己的事。《神滅論》中其實也已說及，如云：

「問曰，形神不二，既聞之矣，形謝神滅，理固宜然。敢問，經云，為之宗廟，以鬼饗之，何謂也？答曰，聖人之教然也，所以弭孝子之心，而厲偷薄之意，神而明之，此之謂矣。」

這一節話說的很好，據物理是神滅，順人情又可以祭如在，這種明朗的不徹底態度很有意思，是我所覺得最可佩服的中國思想之一節。從這樣的態度立腳，上邊只說的是人死觀，但由此而引申到人生觀也就很容易，因為根本的意思還是一個也。

我對於人生的意見也是從神滅論出發，也可以說是唯物論。實在我是不懂哲學玄學神學以至高深的理論的，所有的知識就只是普通中學程度的科學大要，十九世紀的進化論與生物學在現今也已是老生常談了。民國七年我寫那篇《人的文學》，裡邊曾這樣說：

「我們承認人是一種生物。他的生活現象，與別的動物並無不同。所以我們相信人的一切生活本能都是美的善的，應得完全滿足。但我們又承認人是一種從動物進化的生物。他的內面生活，比別的動物更為複雜高深，而且逐漸向上，有能夠改造生活的力量。所以我們相信人類以動物的生活為生存的基礎，而其內面生活卻漸與動物相遠，終能達到高上和平的境地。」

這裡說的有點籠統，又有點太理想的地方，但後來意見在根本上沒有兩樣，我總覺得大公出於至私，或用講學家的話，天理出於人欲。三十一年寫《中國的思想問題》，有云：

「飲食以求個體之生存，男女以求種族之生存，這本是一切生物的本能，進化論者所謂求生意志，人也是生物，所以這本能自然也是有的。不過一般生物的求生是單純的，只要能生存便不問手段，只要自己能生存，便不惜危害別個的生存，人則不然。他與生物同樣的要求生存，但最初覺得單獨不能達到目的，須與別個聯絡，互相扶助，才能好好的生存，隨後又感到別人也與自己同樣的有好惡，設法圓滿的相處。前者是生存的方法，動物中也有能夠做到的，後者乃是人所獨有的生存的道德，古人云，人之所以異於禽獸者幾希，蓋即此也。」

這幾希的東西用中國話來說就是仁。阮伯元在《論語論仁論》中云：

「《中庸篇》，仁者人也。鄭康成注，讀如相人偶之人。相人偶者謂人之偶之也，凡仁必於身所行者驗之而始見，亦必有二人而仁乃見，若一人閉戶齊居，瞑目靜坐，雖有德理在心，終不得指為聖門所謂仁矣。蓋士庶人之仁見於宗族鄉黨，天子諸侯卿大夫之仁見於國家臣民，同一相人偶之道，是必人與人相偶而仁乃見也。」

先看見己之外還有人，隨後又知道己亦在人中，並不但是儒家的仁也即是墨家的兼愛之本，此其一。仁不只是存心，還須得見於行事，故中國聖人的代表乃是禹稷，而政治理想是行仁政，此其二。這兩點都是頗重要的，仁政的名稱如覺得陳舊，那麼這可以說中國的思想當是社會主義的。總之人生的理想是仁，這該是行為，不只是空口說白話，此總是極明瞭的事耳。

「昔者舜問於堯曰，天王之用心何如？堯曰，吾不敖無告，不廢窮民苦死者，嘉孺子而哀婦人，此吾所以用心也。」

這一節話見於《莊子・天道篇》，在著者的意思原來還感覺不滿足，以為這是小乘的道，但在世間法卻已經夠好了，尤其是嘉孺子而哀婦人一語，我覺得最可佩服，也最是喜歡。《大學篇》裡說，老吾老以及人之老，幼吾幼以及人之幼。《佛說四十二章經》之二十九云，想其老者如母，長者如姊，少者如妹，稚者如子。

小兒與女人本來是最引人愛憐的，推己及人，感情自更深切，凡民不同聖人，但亦自應有此根基。我們憑藉了現代世界的學問，關於孺子婦人能夠知道一個大概，特別是性的心理更是前人未曾說過的東西，雖然或者並非不領會，現在我們能夠知道，實在是運氣極了的事。但是回過頭來想婦女問題，卻也因此得到答案，這是確實的，而難似易，至少也是行百里者半九十。

英國凱本德在《愛的成年》中云：「婦女問題須與工人的同時得解決。」德國希耳息菲爾特在遊記《男人與女人》中談及娼妓問題，也曾說道：「什麼事都不成功，若不是有更廣遠的，更深入於社會的與性的方面之若干改革。」這些話裡都暗示社會主義的意義，我想這也是對的，不過如我從前說過，此語非誑，卻亦未可樂觀，愛未必能同時成年也，唯食可以不愁耳。

婦女的解放本有經濟與道德兩方面，此事殊不易談，今姑從略，只因此亦是一大問題，不能無一語表示，實在也只是上文所云仁的意思而已。關於兒童，如涉及教養，那就屬於教育問題，現在不想來闌入，主張兒童的權利則本以瑞典藹倫開女士美國賀耳等為依據，也可不再重述。二十七年五月寫有小文曰「偶記」，現在卻可以抄錄於下：

「日前見報記，大秦之酋訓諭母人者，令多生育，以供戰鬥，又載其像，戟手瞋目，張口厲齒，狀甚怪異。不佞正在譯注希臘神話，不禁想起克洛諾斯吞其子女事，亦見古陶器畫，則所圖乃是瑞亞以襁褓裹巨石代宙斯以進，而大神之貌亦平平耳。又想到《古孝子傳》，郭巨埋兒，頗具此意。帝堯嘗曰，多男子則多懼。此言大有人情，又何其相去之遠耶。不佞自居於儒，但亦多近外道。

「我喜釋氏之忍與悲，足補儒家之缺，釋似經過大患難來的人，所見者深，儒則猶未也。嘗思忍者忍己，故是堅忍而非殘忍，悲者悲他，故是哀憐而非感傷。悲及婦孺，悲他之初步，忍於婦孺，則是忍他之末流矣。讀德意志人希耳息菲爾特著書，諄諄以節育為言，對於東方婦女尤致惓惓，此真不忍人之心，中國本儒而受釋之熏習，應多能了知者，然而亦不敢斷言也。」

這篇文章原無題目，實在是見了莫梭利尼的講演而作，這個怪人現在雖是過去了，但這種態度卻是源遠流長，至少在中國還多存在，蓋即是三綱的精神，其有害於民主政治固不待言，就我們現在所說的兒童與婦女問題看來，也是極大的魔障。

我的信仰本來極是質樸，明朗，因此也頗具樂觀的，可是與現實接觸，這便很帶有陰暗的影子，因為我涉獵進化論也連及遺傳論，所以我平常尊史過於尊經，主張閉門讀史，而史上所說的好事情殊不多，故常有越讀越懊惱之概。專為權威張目之三綱的精神是其一，善於取巧變化之八股的精神又是其一，這在外國還是沒有的物事，更是利害，自古至今大家受其毒害而不曾知覺也並無可逃避，故尤為可畏也。

八九年前寫一篇關於《雙節堂庸訓》的文章，從婦女問題說到這上邊來，我曾說道：「我向來懷疑，女人小孩與農民恐怕永遠是被損害與侮辱，不，或是被利用的，無論在某一時代會尊女人為聖母，比小孩於天使，稱農民是主公，結果總還是士大夫吸了血去，歷史上的治亂因革只是他們讀書人的做舉業取科名的變相，所擁護與打倒的東西都同樣是藥渣也。」

積多年的思索經驗，從學理說來人的前途顯有光明，而從史事看來中國的前途還是黑暗未了，這樣煩悶在孔子也已覺得，他一面說是為大同，而又有《龜山操》云，吾欲望魯兮，龜山蔽之，手無斧柯，奈龜山何。聖人尚且不免如此，我們少信的人，不能有徹底堅定的信仰，殆亦可恕也。

在這似有希望似無希望的中間，言行得無失其指歸，有所動搖乎，其實不然，從消極出來的積極，有如姜太公釣魚，比有目的有希望的做事或者更可持久也說不定。

藹理斯在《性的心理》跋文中最後一節有云：

「在一個短時間內，如我們願意，我們可以用了光明去照破我們路程周圍的黑暗。正如在古代火把競走裡一樣，我們手執火把，沿著道路奔向前去。不久就會有人從後面來，追上我們。我們所有的技巧便在怎樣的將那光明固定的炬火遞在他手內，那時我們自己就隱沒到黑暗裡去。」

這個意思很好，我們也願意那麼做，火傳的意思釋家古來曾有說及，若在我輩則原只是螢火自照而已。

乙酉八月三十一日

餅齋的尺牘

餅齋（錢玄同君）於民國廿八年一月去世，於今已是六年半了。因為講經學是受崔觶甫的影響，屬於今文家這一派，以賣餅家自居，故別號餅齋。不知其始於何時，我曾見有朱文方印曰餅齋錢夏，大約這名稱也總已不是很新的吧。

在最後的一年裡，我記得他曾說過，找出好些關於餅的文章，想請朋友們分寫一篇，集作一冊以為紀念。他分派給我的是束晳的《餅賦》，說這做的頗有風趣，寫起來還不沉悶。在他的計畫後邊藏著一種悲涼的意思，就是覺得自己漸漸就衰老，人生聚散不常，所以想要收集一點舊友手蹟，稍留過去的夢痕，雖然這時情形已不大好，新小川町民報社，頭髮巷教育司，馬神廟北大卯字號的舊人幾乎都已散盡，留在北京的已經沒有幾個人了。

我當時也感到這個意思，可是不曾料到那麼急迫，從《全晉文》中找出《餅賦》來看了一遍之後，未及問他要規定的紙來，準備抄寫，在這遷延猶豫之中餅齋遽爾溘然，以後想起《餅賦》，便覺得像是欠著一筆債，古人或者可以補寫一本焚化以了心願，我想現在卻也不必這樣做了。但因此想到餅齋這別號大約是他最喜歡的一個，恰巧也頂能夠表示他的性格，謹嚴峻烈，平易詼諧，都集在一起，疑古還只是一端，所以現今寫這篇小文也就用這名字作為題目。

人家單讀餅齋的文章，覺得很是激烈，及看見餅齋的人又極是和易，多喜說笑，可是在這之間還可感到有嚴峻的地方存在。簡單的說，大抵他所最嫌惡的是假。在處世接物上邊固然人也不能不用一點假，以求相安無事，若是超過了這限度，戴了假面具於道德文字思想方面鬼鬼祟祟的行動，以損人而利己的，他便看了不能忍耐，要不客氣的加以一喝。

這個態度在《新青年》的隨感錄和通信中表現得最清楚，不過以後也沒有什麼改變，雖然文章是不大寫了，但是隨處還可以表示出來。民國癸酉甲戌之交，我寫了一首前世出家今在家的打油詩，許多友人都賜予和章，餅齋也來一信，封面題苦茶庵知堂主人，下署恆悅盧無能子，信文云：

「苦茶上人：

我也謅了五十六個字自嘲，火氣太大，不像詩而像標語，真要叫人齒冷。第六句只是湊韻而已，並非真有不敬之意，合併聲明。癸酉臘八，無能。」

案這日正當民國廿三年一月廿二日，過了幾天又來一信云：

「苦茶居士棐幾：

今天又謅了一首，雖然越說越不像話，可是典故都在眼前，倒還很切題。第二句仿你坐朝來我坐廷之筆法而略變之，雖不敢云出藍，似尚不至類狗。嚼字應依北平口語，讀ㄐㄧㄠ之陽平，有春華樓之門聯可證，有典有則，非杜撰也。失眠若依某公讀為詩綿，則音更諧，但不改讀也還不要緊。酉靺二字若寫為幽默或油默，則失黏了，是烏乎可。由此觀之，老虎真可愛也。臘八所作，今略改數字，另紙寫奉。那樣一改，與前後字法句法較為諧合，但更像標語了。廿三年一月卅一日，無能白。」

詩第一首題云「改臘八日作」：

但樂無家不出家，不歸佛法沒袈裟。
推翻桐選驅邪鬼，打倒綱倫斬毒蛇。
讀史敢言無舜禹，談音尚欲析遮麻。
寒宵凜冽懷三友，蜜橘酥糖普洱茶。

第六句的典故，因為我怕談音韻，戲稱為未來派，不易瞭解，詩言尚欲析遮麻，似有不敬之意也。第二題云「再和苦茶」：

要是咱們都出家，穿袈是你我穿裟。

大嚼白菜盤中肉，飽吃洋蔥鼎內蛇。
世說新書陳西麩，藤陰雜記爛芝麻。
羊羹蛋餅同消化，不怕失眠盡喝茶。

幽默本是林語堂譯語，章行嚴刊行後《甲寅》，俗稱老虎報，主張改譯為西麩。詩綿者黎劭西所擬著之書名，因失眠而著書談《詩經》，故取諧音以名其書。其餘典故不悉注。

自嘲詩自稱火氣太大，大抵是指中間兩聯，《新青年》時代非聖無法的精神儼然存在，到老不衰，在別一方面又有詼諧的風趣，此亦是難得，不但在文字上平常不大發表，少有知者，且在當代學者中具此種趣味的人亦甚少有也。

餅齋的手跡在我手邊的有兩張酒誓，用九行行七字的急就廎自製的紅格紙所寫，其文云：

「我從中華民國二十二年七月二日起，當天發誓，絕對戒酒，即對於周苦雨馬凡將二氏亦不敷衍矣。恐後無憑，立此存照。錢龜競十。」

蓋朱文方印曰龜競，十字甚粗笨，則是花押也。又一紙文同，唯馬凡將名字排列在前，蓋是給馬四先生者，不知何以亦留在寒齋。晚年尺牘中多有可引用者，但須加注解，頗費酌量。我所知道的人，餅齋外有魯迅，說話與寫信均喜小開玩笑，用自造新典故，說轉彎話，寫者讀者皆不禁發笑，但令第三人見之多不得其解，擱置日久，重複抽閱，亦不免碰著有費解處，因新典故新名號暫時不用，也就不容易記起來了。

為了這個緣故，有趣味的尺牘不一定適用，因為注解麻煩，其有臧否人物的違礙處尚在其次。民國廿七年的信是餅齋去世前一年內所寫，時間較近，今選錄其易解的幾封，其一是關於廠甸買書的，如二月一日所發信云：

「知翁：

今天冒了寒風，為首次之巡閱，居然有所得，不亦快哉！所得為何？乃徐研甫寫書面的某書也。查此書曾蒙見賜兩部，然皆非定本，此為凌一兩公之兄寫書面者，係偽光緒廿四年之定本，忽然得到，其喜真出於意表之外矣。從此先生亦不得專美於前矣！而且不久即可洗刷我幹沒之嫌矣。（雙行原注云，此語大有毛病，倒好像我今天若買不到，則大有幹沒之意者然。其然，豈其然乎？）先生已巡閱過乎？有所得乎？不匆匆。（雙行注，此非反對老兄也。）弟鲍疒上。虎兒年新正二日。」

案：所云某書即《日本雜事詩》最後定本，光緒戊戌年刊於長沙，書面為徐仁鑄所題，徐君即凌霄一士兩公之兄也。《雜事詩》刻本頗多，但上下卷只百五十四首，定本增刪為二百首，廿五年春於廠甸攤上得一冊，始知世間有此本，餅齋曾借觀，戲言意欲幹沒云。

此後一信為八日所發，文云：

「粥尊居士：

手示敬悉。前借彰德架上之書，擬不久（然須過戊寅元夕）即不幹沒，唯范虎公之日記，則暫時尚擬幹沒，並非希望能於廠甸買到同樣的手稿十五本，只因尚擬於暇時把它從頭看一過，抄出一點吾要之材料而後不幹沒耳。闕逢攝提格年之木刻大著（搜輯亦著錄也，故稱著無語病），其價總與七五有關，可謂奇矣。

「這話怎講？原來昨晚得書後，今日我想去代為再碰碰看，不料一問，竟大出意外之表，蓋時經兩日而已漲價為三元矣。我說，未免太貴了。他答道，不貴，這已經說少了！應該是三元五毛呢。我只好揚長而去了。查來函謂他說二元而您要打七五扣，則是一元五毛矣，今他說應是三元五毛，然則二元尚須加七成五矣。何此書之價之增減皆為七五乎？何其奇也。（其實此攤若讓我來擺，我要價還要大呢，因為我知道此書之板已毀，又知此書印得很少，然則當以准明板書論，非當古董賣不可。）

「今年有些熟書攤均未擺，而擺者我有許多多不相識，故您過年好哇，要什麼好書啦，今年還是第一次來吧，種種應酬話很少聽見，此與往年不同者也。嗚呼，計我生之逛廠甸書攤也，今歲蓋第廿五次矣。昔我之初逛廠甸也，在閼逢攝提格之歲，即老兄刻價值三元五毛之書之年也。而今年為著雍攝提格，又值攝提格矣，而此中尚有一攝提格（柔兆攝提格，為西元一九二六年）焉。

「豈非廿有五次乎！前廿四次總算努力，而今年則七日之中僅逛三次，每次只逛一路，噫，何其頹唐也！差幸尚不致如別宥公之做宰予耳，以視張公少元之每日必三逛焉，實覺瞠乎其後矣矣。（雙行注，此矣字非衍文。）昨今兩日，凡晤三人。（案，三人名今略。）之三人者，其臭味與我皆不相近者也。

「噫！有寶銘堂者，先生或亦知之者也。其書簽三四年前係請劉半農所寫，今年係請卓君庸所寫，今日問之，知皆係該老闆一手所書，該老闆亦多才多藝哉！昨日以一毛錢買到章虎嶽之詩集一薄本，號嶽之自序署曰盧江吳瓊，然則我亦大可效颦而自署曰吳興錢疒矣。不過我確是常要躺在板鋪上，不知該嶽是否脖子上的確長著挺大的一個疣，如所謂氣脖子者耳。手此，敬問苦安。弟錢疒頓首，虎年人日燈下。」

所說木刻書即《會稽郡故書雜集》，序文署閼逢攝提格即民國甲寅秋，刻成則已在次年乙卯之夏，共印一百冊，板在紹興，己未移家時誤與朱卷板一併焚毀。信中用語有特殊者，如巡閱，因友人們曾稱餅齋為廠甸巡閱使，後遂通用。彰德架上乃是鄰架之譯語，不匆匆則對匆匆而言，鄙人寫信末尾常著此二字，故偶開玩笑耳。此類甚多，不一一注釋，以免煩雜。

再說其一是關於別號及刻印等事的，七月二十七日信云：

「顒兄：

手示敬悉。昨電話中佟公云，有水不好走，我初以為是官衣庫也，豈知有蛙鳴之現象乎（此句太欠亨了）。如再有兩三日之晴，當拜訪，意者彼時該蛙或已回避乎。劭西同鄉視爾如莜氏之書，去冬為敝人所暫時（雙行原注，此二字必不可少，不然，將有損於敝人之名譽也。）幹沒，拜訪時當親自賚呈也。上周為苦雨周，（雙行注，苦雨二字之旁無私名號，蓋非指苦雨齋也。）路滑屋漏，皆由苦雨之故也。

「然曾於其時至中華書局之對過或有正書局之隔壁，知張老丞已來，仍可刻印，且仍可刻苦雨齋式之印也。豈不懿歟。弟將請其刻疒叟一印也。（雙行注，但省鮑山二字，因每字需一元五毛也。）弟燁頓首。」

這信裡的書是指湘潭羅典的《讀詩管見》，中多希奇古怪的解說，太炎先生謂其解莜為大頭菜，以是哄傳於時，實乃不然。

又一信云：

「徑啟者：

日前以三孔子贈張老丞，蒙他見賜疒叟二字，書體似頗不惡，蓋頗像百衲本廿四史第一種（宋黃善夫本《史記》）也。惟看上一字似應云，像人高踞床闌干之顛，豈不異歟。老兄評之以為何如。此致知翁，專此順頌日祉。弟瘦上，（疒叜印）八月六日。」

這信體裁特殊，在此致之後又有專此，蓋出於模擬，有所諷刺，如上邊意表之外及敝人云云亦皆是。關於此別號，尚須引用前一年的信以為說明：

「苦雨翁：

多年不見了，近來頗覺蛤蜊很應該且食也，想翁或亦以為然乎！我近來頗想添一個俗不可耐的雅號，曰鮑山疒叟。鮑山者確有此山，在湖州之南門外，實為先六世祖（再以上則是逸齋公矣）發祥之地，歷經五世祖，高祖，曾祖，皆宅居該山，以漁田耕稼為業，逮先祖始為士而離該山而至郡城。故鮑山中至今尚有一錢家濱，先世故墓皆在該濱之中。

「我近來忽然攄懷舊之蓄念，發思古之幽情，故擬用此二字，至於疒叟二字，係用《說文》及其更古（實是新造托古）之義也。考《說文》，疒，倚也。人有疾痛，像倚著之形。叟古甲骨文，像人手持火炬在屋下也。

「蓋我雖躺在床上，而尚思在室中尋覓光明，故覺此字甚好。至於此字之今義，以我之年齡而言，雖若稍僭，然以我之體質言，實覺衰朽已甚，大可以此字自承矣。況宋有劉義叟，孫莘老，魏了翁諸人，古已有之乎。（此三公之大名恐是幼時所命也。）又疒叟二字合之為一瘦字，瘦雅於胖，故前人多喜以臞字為號，是此字亦頗佳也。「且某壓高亢之人，總宜茹素而使之消瘦，則我對於瘦之一字亦宜渴望之也。因憚於出門，而今夕既想談風月，又喜食蛤蜊，故遣管城子作鱗鴻（天下竟有如此之俗句，得不欲作三日嘔乎！），以求正於貴翁，願貴翁有以教之也。又《易經》中有包有魚一語，又擬援叔存氏之高祖之先例（皖公山中之一人稱為完白山人），稱為——包魚山人，此則更俗矣。餅齋和南。一九三七，八，二十。」

案：末署年月原係亞剌伯數字。信中某壓高亢，即謂血壓，仿前人回避違礙字樣之例，以某字代之，說話時常如此，此即其一例。

又二十七年十一月信云：

「翁：

那個值二毛五的逸谷老人（案逸字原作篆文，而兔字末筆蜷曲。）我覺得那兔子的腳八丫子太悲哀了，頗不舒服，且逸谷之名我尚愛之，尚不願對於不相干的人隨便去用他，故所以改為怡谷老人也。非欲對於汪老爺做文抄公，其實還是該老爺做了文抄公，因為在我六歲之時我的伯母死了，常熟方面不知我名，妄意紅履公名恂，則我當名怡，訃文上遂刻曰功服夫侄怡抆淚稽首，彼時我尚不知該錢怡為誰也。

「查此是光緒十九年事，而汪老爺則本名儀，宣統元年乃改名怡，豈非他做了文抄公乎。後閱十年，忽然要來用他（案此指錢怡二字，餅齋在東京留學時，學籍上係用此名。）遂用了三四年，彼時取光復派之號曰漢一，與怡之義固無關也。自謁先老夫子，乃知古人名字相應，又從漢一而想到夏字，而怡遂廢矣（實是不喜此名也）。此名既為我所不喜，而又不能不算是我，故今即用怡谷老人四字以對付不相干之人來叫我寫字時之用。不能不算是我，亦不能就算是我，此不即不離之辦法，似乎頗妙也。

「於是前日跑到東安市場之文華閣，囑其磨去重刻，又花了我一角五分之多也。然而此回卻上當了。因為刻了來仔細一看，原來他拿了刻四個字的錢而只刻了一個字也。蓋刻者想得很巧妙，他只磨去逸字，改寫怡字，而谷老人三字就把他再刻深了一點，細看谷字之口便窺破其秘密矣。

「嗚呼！此商人兩鞋之所以應該一隻白色一隻黑色歟！猗歟，休哉！妙在此章本不要其好，因為用給不相干的人也。介子推曰，身將隱，焉用文之，吾謂名將隱，焉用工之也。茲將該蹩腳（其實腳倒不蹩了）圖章打一個奉上，請煩查照，至紉誼。但請勿將立心旁改為竹頭也。手請杯安。弟笊暗。十一月十五燈下。」

在與笊字右角上各有一星印，分別有注釋，其一云：

「此字周秦印章作鉨及爾，《說文》作壐及壐，唯壽印丐作，非古也，此從之，非。」

其二云：

「案此字誤。笊非字省文，乃箍字之異體也，箍乃箍桶匠之箍，又唐僧對於孫行者所念緊箍咒之箍也。」

商人兩鞋一白一黑，見太炎先生著《五朝法律索隱》，初登《民報》上，後收入《文錄》卷一，據晉令曰，儈賣者皆當著巾，白帖額，言所儈賣及姓名。我們談話後來亦常說白帖額人，此典故在三數民報社學生外殆少有人使用也。上邊的兩封信照例多有遊戲分子，但其精神則仍是正經，嘗見東歐文人如《狂人日記》及《死魂靈》作者果戈里，《樂人揚珂》與《炭畫》作者顯克微支，皆人極憂鬱而文多詼諧，正如斯諦普虐克所云，滑稽是奴隸的言語，此固與飽食終日，無所用心，或言不及義所表示的那種嘻嘻哈哈的態度絕異。

中國在過去多年的專制制度之下，文化界顯出麻木狀態，存在其間的只有陋劣的假正經與俗惡的假詼諧，若是和嚴正與憂鬱並在的滑稽蓋極不易得，亦復不能為人所理解。餅齋蓋庶幾有之，但只表現於私人談話書札間，不多寫為文章，則其明哲又甚可令人佩服矣。

十二月間寄來數信，二日信係談法梧門的堂堂堂者，末有云：「弟昨日忽覺左口與右手麻木，至今未癒，殊覺悲哀，意者其半身不隨（雙行注，北平人讀遂為平聲）之序幕歟。」

又廿二日寄兩信，其一謝贈與寫經筆，其一說贈人新婚賀聯事，在後者末尾云：「我日來痰裹火（案此三字原用羅馬字拼音），嗆得殊苦。」訴病苦的話漸多，卻仍是那麼一種爽朗的態度。

廿八年一月上半月曾有兩信，已記在《玄同紀念》文中，茲不復贅，但在其中只可以見其富有人情，若上文所云的詼諧則亦無暇表見矣。

民國三十四年七月十二日，記於北京。

實庵的尺牘

陳獨秀先生初名仲，字仲子，通稱仲甫，民國六年來北京大學任文科學長，名為獨秀，其後在《東方雜誌》上寫關於文字學的文章，署名實庵，今沿用之。仲甫來信今於紙堆中檢得十六封，皆是民七至民十這四年中所寄。七八兩年因為在校常見面，故信只四通，用文科學長室信封，都無年月，大抵是關於《新青年》的，今匯錄於下：

其一

「《新青年》稿紙弟處亦不多，乞向玄同兄取用。此覆啟明先生，弟獨秀白。」

其二

「五號《新青年》之勘誤表（關於大作者），希即送下，以便匯寄。此上啟明兄，弟獨秀。」

其三

「《新青年》六卷一號稿子，至遲十五日須寄出，先生文章望早日賜下。商務出版書事，已函詢編譯處高一涵君矣。」

所云出版書，大概即是當初的大學叢書也。

其四

「啟明先生左右，大著《人的文學》做得極好，唯此種材料以載月刊為宜，擬登入《新青年》，先生以為如何？週刊已批准，定於本月二十一日出版，印刷所之要求，下星期三即須交稿（唯紀事文可在星期五交稿）。文藝時評一欄，望先生有一實物批評之文。豫才先生處，亦求先生轉達。此頌健康，弟獨秀，十四日。」

這裡寫有日子，是七年十二月的事，我於七日寫了那篇《人的文學》，後又改寫《平民的文學》，與《論黑幕》一文，先後在《每週評論》第四五兩期上發表。這種評論共總出了三十六期，至八年八月三十日被禁止出版。

是年夏間學生運動發作，五四之後繼以六三，《每週評論》甚為出力，仲甫據說在市場發什麼傳單，被警察所捕，其時大概是六月十一日。查舊日記云：

「六月十四日，同李辛白王撫五等六人至警廳訪仲甫，不得見。」

「九月十七日，知仲甫昨出獄。

十八日下午，至箭竿胡同訪仲甫。」

隔了十幾天，又記著一項云：

「十月五日，至適之處議《新青年》事，自七卷起由仲甫一人編輯。」

仲甫自此離開北京，在上海及廣州辦《新青年》，所以九年寄來的信都從上海來的，今擇錄數通於後：

其五

「啟明兄：五號報去出版期（四月一日）只四十日，三月一日左右必須齊稿，《一個青年的夢》望豫才先生速將全稿譯了，交洛聲兄寄滬。六號報打算做勞動節紀念號，所以不便雜登他種文章。《青年夢》是四幕，大約五號報可以登了。豫才先生均此不另。弟仲上，二月十九夜。

我很平安，請兄等放心，見玄同兄請告訴他。」

其七

「二月廿九日來信收到了。《青年夢》已收到了，先生譯的小說還未收到。重印《域外小說集》的事，群益很感謝你的好意。《新青年》七卷六號的出版期是五月一日，正逢Mayday佳節，故決計做一本紀念號，請先生或譯或述一篇托爾斯泰的泛勞動，如何？

守常兄久未到京，不知是何緣故？

昨接新村支那支部的告白，不知只是一個通訊機關，或有實際事業在北京左近，此事請你告訴我。我們很盼望豫才先生為《新青年》創作小說，請先生告訴他。

前回有一信寄玄同兄，不知收到否，請你見面時問他一聲，我很盼望他的回信。三月十一日。」（案，信中上下款均略，以下同。）

其十

「本月六日的信收到了。我現在盼望你的文章甚急，務必請你早點動手，望必在二十號以前寄到上海才好，因為下月一號出版，最後的稿子至遲二十號必須交付印局才可排出。豫才先生有文章沒有，也請你問他一聲。

玄同兄頂愛做隨感錄，現在怎麼樣？七月九日。」

其十一

「兩先生的文章今天都收到了。《風波》在這號報上印出，先生譯的那篇，打算印在二號報上，一是因印刷來不及，二是因為節省一點，免得暑天要先生多寫文章。倘兩位先生高興要再做一篇在二號報上發表，不用說更是好極了。玄同兄總是無信來，他何以如此無與致？無興致是我們不應該取的態度，我無論如何挫折，總覺得很有興致。八月十三日。」

其十二

「十五日的明信片收到了。前稿收到時已覆一信，收到否？《風波》在一號報上登出，九月一號準能出版。兄譯的一篇長的小說請即寄下，以便同前稿都在二號報上登出。稿紙此間還沒有印，請替用他紙，或俟洛聲兄回京向他取用，此間印好時也可寄上，不過恐怕太遲了。八月廿二日。

魯迅兄做的小說，我實在五體投地的佩服。」

其十三

「二七來信已收到了。先生的文章當照來信所說的次序登出。漁陽里是編輯部，大自鳴鐘是發行部，寄稿仍以漁陽里二號為宜，只要掛號，中郵也無妨。玄同兄何以如此無興致，我真不解，請先生要時常鼓動他的興致才好。請先生代我問候他。

《新青年》一號出版，已寄百本到守常兄處，轉編輯部同人，已到否？九月四日。」

其十五

「二號報準可如期出版。你尚有一篇小說在這裡，大概另外沒有文章了，不曉得豫才兄怎麼樣？隨感錄本是一個很有生氣的東西，現在為我一人獨佔了，不好不好，我希望你和豫才玄同二位有工夫都寫點來。豫才兄做的小說實在有集攏來重印的價值，請你問他倘若以為然，可就《新潮》《新青年》剪下自加訂正，寄來付印。中秋後二日。」

案查上海郵局印記是九月廿九日。

其十六

「久不接你的來信，近幾天在報上看見你病的消息，不知現在可好點沒有？我從前也經過很劇烈的肋膜炎症，乃以外敷藥及閉目息念靜坐治好了，現在小發時，靜坐數十分或一點鐘便好了，稍劇烈便須敷藥，已成慢性，倒無大妨礙了。現在最討厭的，卻是前年在警察廳得來之胃腸病，現在為他所纏擾，但還不像先生睡倒罷了。先生倘好一點能寫信時，請覆我數行，以慰遠懷。弟獨秀，六月廿九日。」

這是民國十年的來信，從廣州發出，用的是廣東全省教育委員會用箋，那時新青年社移在廣州，仲甫在那會裡大概也有任務，或者是個委員吧。

我於九年年底患肋膜炎，在家臥病三月，住醫院兩月，在香山碧雲寺養病四月，至九月末始回家，仲甫寄這封信的時候，我正在寫《山中雜信》，其三的末尾正署著六月廿九日。

這信是寄給豫才轉交的，我在下山之後才看見，所以山中日記上不曾記有收信的日子，但在八月廿九日，九月廿六日項下均有得仲甫來信的記錄，原函卻都已找不著了，所以這裡可以抄錄的也就只得以此為止了。

乙酉八月廿九日。

曲庵的尺牘

曲庵是劉半農先生晚年的別號。他故意的取今隸農字的上半，讀作曲字，用為別號，很有點詼諧的意味，此外有無別的意思卻不曾問過，反正他不會唱曲，或者多少利用曲辮子的典故亦未可知，但現在總也已無可考了。

半農於民國六年秋來北京大學，比我要遲五個月，以後直至二十三年，在這期間中書信往來很是不少，在故紙堆中都還存在，但是一時不易找尋，這回偶然看到幾封，計八年一月的三封，九年一月的兩封，重讀一過，今昔之感所不待言，也覺得很有意思，抄錄下來可以作為紀念。

八年二信皆遊戲之作，甲一箋云：

「新著二篇，乞六兄方家正之。弟□□頓，戊午十二月初三日。」別附一紙，題云「唐風樓金石文字跋尾補」，第一篇為錢玄同賀年柬跋，其文云：

「此片新從直隸鬼門關出土，原本已為法人沙君畹攜去，余從廠肆中得西法攝影本一枚，察其文字雅秀，柬式詼詭，知為錢氏真本無疑。考諸家筆記，均謂錢精通小學，王子以後變節維新，主以注音字母救文字之暫，以愛世語濟漢字之窮，其言怪誕，足滋疑駭，而時人如劉復唐俟周作等頗信之。

「今柬中正文小篆，加注音字母，而改其行式為左右橫讀，略如佉盧文字，是適與錢氏所主相合，且可定為出於王子以後。柬中有八年字樣，論者每謂是奉宣統正朔，余考錢氏行狀，定為民國紀元，惟錢氏向用景教紀元，而書以天方文字，此用民國，蓋創例也。又考民國史新黨列傳，錢嘗謂劉復，我雖急進，實古今中外派耳。此片縱漢尺三寸，橫四寸許，字除注音字母外僅一十有三，而古今中外之神情畢現，可寶也。」

第二篇為徐□□名刺跋，今從略。乙無箋牘，唯以二紙黏合如卷冊，封面題簽云「昭代名伶院本殘卷」，本文云：

「（生）咳，方六爺呀，方六爺呀，（唱西皮慢板）你所要，借的書，我今奉上。這其間，一本是，俄國文章。那一本，瑞典國，小曲灘簧。只恨我，有了他，一年以上。都未曾，打開來，看個端詳。（白）如今你提到了他，（唱）不由得，小半農，眼淚汪汪。（白）咳，半農呀，半農呀，你真不用功也。（唱）但願你，將他去，莫辜負他。拜一拜，手兒呵，你就借去了罷。（下）」

後有跋四行云：

「右京都名伶譚鑫培方六借書曲本殘卷二葉，余於廠肆中得之。大漢天聲，於今絕響，摩挲一過，如見龜年，誦黍離麥秀之章，彌增吾痛。時維宣統十年戊午臘八日夜二鼓，□□□呵凍。」

卷首以紅墨水畫一方印，文曰，藏之名山傳諸其人。查八年舊日記一月項下云：

「十日，陰，上午往校，得半農函，俄國禁書一冊。」

案此係紅紙面英文書，集譯長短小說數篇，記得其中有高爾基所作以鷹為題材的小品，又有一文題曰「大心」，記一女子的事情，董秋芳君曾全部譯出，似亦已出版。瑞典國的小曲灘簧日記中不知何以不載，今亦忘記其為如何書物矣。故友中餅齋寫信喜開玩笑，曲庵亦是如此，而稍有不同，簡率的一句話，餅齋究竟是經師，而曲庵則是文人也。

半農遺稿《雙鳳凰磚齋小品文》之四十五，題曰「記硯兄之稱」，其文云：「余與知堂老人每以硯兄相稱，不知者或以為兒時同窗友也。其實余二人相識，余已二十七，豈明年三十三。時余穿魚皮鞋，猶存上海少年滑頭氣，豈明則蓄濃髯，戴大絨帽，披馬夫式大衣，儼然一俄國英雄也。越十年，紅胡入關主政，北新封，《語絲》停，李丹忱捕，余與豈明同避菜廠胡同一友人家。小廂三楹，中為膳食所，左為寢室，席地而臥，右為書室，室僅一桌，桌僅一硯。寢，食，相對枯坐而外，低頭共硯寫文而已，硯兄之稱自此始。居停主人不許多友來視，能來者余妻豈明妻而外，僅有徐耀辰兄傳遞外間消息，日或三四至也。時為民國十六年，以十月二十四日去，越一星期歸，今日思之，亦如夢中矣。」

這篇文章寫得很好，留著好些半農的神氣，其時蓋在民國廿二年，年四十三矣，若在寫信那時則正穿魚皮鞋子，手持短棍，自稱擺倫時也。又其時正屬《新青年》時代，大抵以五四為中心前後數年，約計自民六至民十，此六七年間改革空氣起於文化界各方面，而《新青年》實為前驅，論文之外有隨感錄尤為精銳，對於陳舊物事無所不攻，亦攻無不破，寫作者甚多，最有力者獨秀玄同半農，餘悉在其次。

隨感錄的目標既無限制，雖然當時所攻擊者只是舊道德舊文學以及舊劇，其手法亦無限制，嬉笑怒罵，無所不可，寧失之苛，不可輕縱，後來回顧頗有幼稚處，唯其時對於遺老遺少實只有敵意，也是莫怪的。

同年四月十九日魯迅的一封信偶然找到，是寄往東京給我的，其中有云：

「見上海告白，《新青年》二號已出，但我尚未取得，已函托爬翁矣。大學無甚事，新舊衝突事已見於路透電，大有化為世界的之意。聞電文係節述世與禽男函文，斷語則云可見大學有與時俱進之意，與從前之專任舊人辦事者不同云云，似頗阿世也。」

其時《新青年》的所為文化運動漸發生影響，林琴南憑藉了《公言報》竭力反抗，最初是那篇致北大校長蔡子民的長信，隨後繼續寫《蠡叟叢談》，影射詛罵，已極惡劣，至《荊生》一篇，則思借武力以除滅異己，露出磨牙食人之凶相，舊文人的真形乃顯露無遺矣。

半農的信件裡所挖苦的雖然並不就是林紓，總可以窺見這邊作風之一斑。

嬉笑怒罵，多弄詼諧，即使有時失之膚淺，也總沒有病態與屍氣，在《新青年》上曾有一次故意以白話直譯文言尺牘，如道履譯為道德的鞋子，幸甚幸甚譯為運氣極了運氣極了，可為一例。拿來與對方比較，顯然看出不同來，那種跳踉欲噬的態度不但證明舊文人的品格墮落，也可想見其前途短促，蓋唯以日暮途窮，乃倒行而逆施也。

但是曲庵的信卻也不是老是那麼開玩笑的。九年一月的兩封所說的都是正經事，甲是五日從上海新蘇臺旅館寄來的快信，其文云：

起孟兄，承你和你夫人寫信來給我們夫婦賀年，我們要謝謝你。

現在我有一件事，要和你同你哥哥豫才先生商量。從前你們昆仲向我說過，想要翻譯外國文學上的作品，用小本子一本一本的出版。我很贊成這個意思，可是我們都是秀才造反，十年不成，所以提議了多次，終於沒有具體的辦法。

我到了上海，有一天忽然自己想到，我是個研究文學的人，近兩年來對於介紹西方文學的事業實在太冷淡，太不長進，應得竭力振作，切切實實的做一番。於是我就想到，介紹西方文學是件極繁重的事，為翻譯者，出版者，讀書者三方面的輕而易舉起見，與其介紹長篇，不如介紹短篇。

從這一個大前提上，我就生出一個具體的計畫，打算編起一部「近代文藝小叢書」來。這部叢書，就我的意見，打算分為甲乙丙三集，各集的材料大致如下：

甲集，文藝的本體，凡各人的小說，詩歌，戲劇等屬之。

乙集，議論文藝的東西，凡傳記，批評，比較談等屬之。

丙集，文藝的關係物，如音樂，雕刻，繪畫，歌謠等，雖非文學的本體，而實與文藝可以互相參證或發明者屬之。在這樣的計畫中，我自定的主要辦法如下：

一，譯而不作。

二，稿件以名人著作為限（乙丙兩集之材料亦然）。

三，篇幅不過長。

四，每集之冊數無定（甲集之冊數當然多於乙丙）。

五，各集各冊均為獨立性質，故譯編之孰先孰後可依便利排比，不必預先用一番目錄功夫。即將來全書能出到幾種，亦可聽其自然。此蓋因有人雖然天天在那兒說，要如何編一百種劇碼，要如何在兩年之內，邀集真懂英文之人，翻若干有用的書，而其實還是空談目錄，反不如我輩切切實實能做得一步便是一步也。

以上所說起初只是我一個人的空想，能不能做成尚在虛無飄渺之間。不料今天群益的老闆陳芝壽先生來同我談天，我同他一談，他就非常高興，極願意我和賢昆仲三人把這事完全包辦下來。於是我就和他正式談判，其結果如下：

一，編制法可完全依我的主張。

二，書用橫行小本，其印刷法以精美為條件，我等可與斟酌討論，他必一一依從。

三，各書取均價法，大約每本自四十頁至八十頁，定價全是一角至二角。若篇幅特長，在八十頁以上者則分訂兩本。

四，出版人對於編譯人，處置稿件之法，可於下三項中任擇其一。甲，版權共有，即你的「歐洲文學」的辦法。乙，租賃版權，即規定在若干部之內，抽租值若干，過若干部則抽若干。丙，收買版權。

啟明！我們談到了這一步，你可以知道，這不是群言性質，是及義性質了。我希望你們昆仲幫我忙，做成這件事。因為我想，我們沒有野心沒有作用的人，借著這適宜的辦法，來實行我們的純潔的文藝介紹，不可以不算是一個很好的機會。

你的意思怎麼樣？務必請你用快信回覆我，使我可以就近同他議妥一切。（我大約十號左右回江陰，所以要你寫快信。）若是你不是根本上不贊成，則對於各小條件上的商議也請詳細示知，因為這是極容易辦的。

我還有五層意見，雖然還沒有同該老闆談及，卻可以預先向你斟酌定妥了，隨後向他提出。

一，我打算每年出書至少十二冊，即每人至少四冊，三個月一冊。其每年各書之名目，即於每年開始時，通信規定。

二，我以為對於處分版權的三種辦法，以收買較為直捷而少流弊。所以我的意思，每種要求他二百五十元的酬金，字數約在三萬至六萬間。但將來我們如要刻全集，其印刷權仍要保存。

三，我們取急進主義，若商量較有進步，即與訂約，在《新青年》上，發表編輯趣旨。

四，訂約以出書五十本為最少數。

五，非得我等三人之同意，不許他人加入稿件。此非專賣性質，乃恐無聊人來搗亂也。

如何如何，速速覆我。弟復。

第二封信是一月二十七日由江陰所寄，繼續說出叢書這事，裡邊有一條云：「書名決用『近代文藝叢書』，刪去小字。」大概是根據我去信的意見而修改的。此外各項細則都已規定，似即可訂約，而且信中又說明他的稿件有王爾德短篇十種及屠格涅夫散文詩，四月七月可以分交，可是這叢書的計畫終未實現，書也一冊都未曾出版。

這是怎麼的呢？半農於是年春間帶了家眷往歐洲去留學，一去數年，這叢書計畫所以也就因此而停頓了。查舊日記載三月十日得半農十六日啤南函，可知其自上海啟行當在二月上旬，以後國外通信都在故紙中，尚未找出，只有一厚本自英國寄來者，存在板箱內。此係用藍格洋紙訂成，面題「劉復寫給周作人的信」，下署一九二一年一月十五日，凡八十五紙，每紙橫行二十三行，每行約二十二字，係談論整理歌謠的事，雖說是信，實在是一大篇論文，共約五萬言，至今無法發表，將來若有人編半農逸稿者，當以奉呈耳。

民國三十四年八月二十七日。

【附記】

九年一月五日的來信係用新蘇臺旅館的信封，背面印有紅字廣告五行云：「本旅館冬令設備格外完全，各房間茶壺一律均用炭基爐，若厭手冷，有西洋橡皮熱水袋，若厭腳冷，有嘉興銅腳爐。雖在旅店，卻與家庭無二，務乞各界光顧。」

其文頗有趣，因附錄於此，若以舉示曲庵亦必絕倒也。

又，這裡所錄係早期的尺牘，而用晚年的別號為題者，因曲庵之名更有諧趣，與內容更相稱耳。廿八日再記。

過去的工作

我寫文章，算自前清光緒乙巳起手，於今已四十年，這裡可以分作前後兩節來看。前二十年喜歡講文學，多翻譯弱小民族及被壓迫的國家的作品，以匈加利，波蘭及俄國為主，但是後來漸漸覺得自己不大懂得文學，所以這方面的販買店也關了門了。

這以後對於文化與思想問題稍為注意，雖然本來還是從文學轉過來的，可是總有些不同，談文學須是文人，現在只以一個凡人的立場也可以來談，所以就比較自由得多了。我所注意，所想要明白的事情只是關於這幾國的，即一是希臘，二是日本，其三最後卻最重要的是本國中國。

在十五六年前，適值北京大學三十二周年紀念，發刊紀念冊，我曾寫過一篇小文，題曰「北大的支路」，意思是說於普通的學問以外，有幾方面的文化還當特別注重研究，即是希臘，印度，亞剌伯與日本。

大家談及西方文明，無論是罵是捧，大抵只憑工業革命以後的歐美一兩國的現狀以立論，總不免是籠統，為得明瞭真相起見，對於普通稱為文明之源的古希臘非詳細考察不可，況且他的文學哲學自有其獨特的價值，據愚見說來其思想更有與中國很相接近的地方，總是值得螢雪十載去鑽研他的。可是這事知與行都不容易，我雖然覺得對於希臘彷彿也有甚麼負債，但總還努力不夠，不能做出一點功績來。

在過去時中以很大的苦辛克服了自己的懶與拙，才譯出了一冊海羅達思的擬曲，又譯了亞坡羅陀洛思的神話，注釋卻是因事中止，至今未曾續寫，毛估一下總還有十五萬字，這也時時想起來，是一件未完的心願，有如欠著一筆陳年債，根據殺人償命，欠債還錢的老話，終是非償還不可的。

除了為做注釋的參考用以外無甚用處的書籍，如湯卜生的《希臘鳥類名匯》之類，站在書架上，差不多是一種無言的催促，我可是還未能決心來繼續寫下去。近兩年內所寫雜文中，只有一篇《希臘之餘光》，算是略為點綴，這種秀才人情固甚微薄，但總是誠實的表示，即對於希臘仍是不忘記也。

我談日本的事情可以說是始於民國七年，在北京大學文科研究所與胡適之劉半農二君擔任小說組，五月間寫《日本近三十年小說之發達》一文，講演一過，這可以算是起頭，以後寫了不少文章，一直到民國二十六年六月，給《國聞週報》寫《日本管窺之四》，這才告一結束，嘗戲稱為日本研究小店的關門卸招牌，也正是實在的事。

我們談日本文化，多從文學藝術方面著眼，可以得到很好的結論，這固然也是對的，可是他的應用範圍也有限制，不能不說是一缺點。文化研究的結論有如一把鑰匙，比得不好一點正如夜行人所用的萬應鑰，能夠開一切的鎖，這才有用，假如這結論應用在文學藝術上固然正好，但是拿去解釋同一國民的別的行動便不適合，那麼這裡顯然是有毛病，至少是偏而不全，即使這可以代表賢哲，而不曾包括英雄與無賴在裡邊，總之是不能解釋全部國民性，亦即不得算是瞭解。

我覺得自己二十年來的考察便是如此，文學藝術上得來的意見不能解釋日本的別的事情，特別是歷來對華的政治行動，往往超出情理之外，既有了這些深刻的反證，我自不能不完全拋棄以前關於日本文化的意見，聲明無所知，此即是《管窺之四》的要點。一面我提出推測的意見，以為要瞭解日本國民性，或當從其特殊的宗教入手，但是我與宗教無緣，所以結果只好乾脆斷念，我的徒勞的日本文化研究因此告一段落。

對於本國的事自然更是關心，這與注意別國事情，當作學問去講者有點不同，所以不會得揑揑放放，即使遇著不懂為難的地方也不至於中途放棄，雖然目的與傾向的變動或是有的。最初的主張未必真是簡單的文學救國，總之相信文學之力，以為要革命或改造可以文學運動為基本，從清末起以至在《民報》及《新青年》上寫文章始終是這樣，這或者不算怎麼錯，但是後來也有轉變了。

民國八年《每週評論》發刊後，我寫了兩篇小文，一曰「思想革命」，一曰「祖先崇拜」，當時並無甚麼計畫，後來想起來卻可以算作一種表示，即是由文學而轉向道德思想問題，其攻擊的目標總結攏來是中國的封建社會與科舉制度之流毒。嚴格的說，中國封建制度早已倒壞了，這自然是對的，但這裡普通所說的封建並不是指那個，實在只是中國上下存在的專制獨裁體制，在理論上是三綱，事實上是君父夫的三重的神聖與專橫。

中國的思想本有為民為君兩路，前者是老百姓的本心，為道家儒家所支持，發達得很早，但至秦漢之後君權偏重，後者漸占勢力，儒家的不肖子孫熱心仕進，竭力為之鼓吹，推波助瀾，不但君為臣綱是天經地義，父與夫的權威也同樣抬高，本來相對的關係變為絕對，倫理大見歪曲，於是在國與家裡歷來發生許多不幸的事。

一面又因為考試取士，千餘年來文人養成了一套油腔滑調，能夠胡說亂道，似是而非，卻也說的圓到，彷彿很有道理，這便是八股策論的做法，拿來給強權幫忙，吠影吠聲的鬧上幾百年，不但社會人生實受其害，就是書本上也充滿了這種烏煙瘴氣。至今人心還為所薰染，猶有餘毒，未能清除。

近代始有李卓吾，黃梨洲，俞理初等人出來，加以糾正，至民國初年《新青年》之後有新文化運動興起，對於舊禮教稍有所檢討，而反動之力更為盛大，旋即為所壓倒，民國成立已三十餘年，民主的思想——特別是中國的固有的民為貴，為人民子媳妻女說話的思想，絕未見發達，至可惋惜。

我平常很覺得歷史的力量之可怕，中國雖然也曾努力想學好，可是新的影響質與量都微少，混到舊東西裡面便有如杯水車薪，看不出來了，假如冷靜的考察一下，則三綱式的思想，八股式的論調，依然如故，只是外邊塗了一層應時的新顏色罷了。就是明清以來的陳腐思想，如因道教迷信而來的果報，因考試熱中而起的預兆占卜，根據多妻制的貞節觀念，在現今新式士大夫中間還是瀰漫著，成為他們的意見與趣味的基本，與金聖歎所訶斥的秀才並無兩樣。

照這樣情形，大家雖然力竭聲嘶的呼號民主化，殊有從何處化起之感，結果還是由於思想革命尚未成功，凡是關心中國前途者宜無不知於懼思，而思有所努力者也。但是啟蒙糾繆，文字之力亦終有所限，故知與行須當並重，中國現在要緊的有兩件事，即倫理之自然化，道義之事功化，只可惜我們此刻也只能寫文章，提倡事功亦是談談而已，於世間不能發生一點影響，所可能者但在自勵，勿學士大夫之專工趨避，徒知說話耳。

因為是自己的本國，關心更切，所知也更深，對於將來種種問題，常是憂過於懼，雖炳燭著書，未能盡其什一之意，近年寫《漢文學的傳統》小文數篇，多似老生常談，而都以中國人立場說話，尚不失為平實，我們雖生於東方，印度與亞剌伯的文字文化竟無力顧及，但能少少涉獵希臘日本的事情，亦只淺嘗而止，昔日所言終未能實踐其半，關於中國徒有隱憂，不特力不從心，亦且言不盡意，回顧過去的努力不過如此，其用處又復如何，此正是不可知的事，唯並不期望其有用而後始能安心的做下去，則其魄力度量須過於移山的愚公始可耳，我輩凡人能否學到幾分，殆是大大的疑問也。

乙酉（一九四五年）九月三十日

兩個鬼的文章

鄙人讀書於今五十年，學寫文章亦四十年矣，累計起來已有九十年，而學業無成，可為嘆息。但是不論成敗，經驗總是事實，可以說是功不唐捐的，有如買舊墨買石章，花了好些冤錢，不曾得到甚麼好東西，可是這雙眼睛磨煉出來一點功夫，能夠辨別好壞了，因為他知道花錢買了些次貨，即此便是證據。

我以數十年的光陰用在書卷筆墨上面，結果只得到這一個覺悟，自己的文章寫不好，古人的思想可取的也不多。這明明是一個失敗，但這失敗是很值得的，比起古今來自以為成功的人，總是差勝一籌了。陸放翁《冬夜對書卷有感》詩中有句云：

萬卷雖多當具眼，一言惟恕可銘膺。

這話說得很好，可是兩句話須是分開來說，恕字終身可行，是屬於處世接物的事，若是讀書既當具眼，就萬不能再客氣，固然不可故意苛刻，總之要有自信，看了貴人和花子同樣不眨眼的態度。

以前讀《論語》，多少還徇俗論，特別看重他，近來覺得這態度不誠實，就改正了，黃式三的《論語後案》我以為頗好，但仔細閱過之後，我想這也是諸子之一，與老莊佛經都有可取處，若要作為現代國民的經訓缺漏甚多，雖然原是儒家思想的重要史料。

看古人的言論，有如披沙揀金，並不是全無所得，卻是非常苦勞，而且略不當心，便要上當，不但認魚目為明珠，見笑大方，或者誤食蟛蜞，有中毒之危險。

我以多年的苦辛，於此頗有所見，古人云，只可自怡悅，不堪持贈君，今則持贈固難得解人，中國事情想來很多懊惱，因此亦不見得可怡悅，只是生為中國人，關於中國的思想文章總該知道個大概，現在既能以自力略為辨別，不落前人的窠臼，未始不是可喜的事也。

我所寫的文章都是小篇，所以篇數頗多，至於自己覺得滿意的實在也沒有，所以文章是自己的好，這句成語在我並不一定是確實的。人家看來不知道是如何？這似乎有兩種說法。其一是說我所寫的都是談吃茶喝酒的小品文，是不革命的，要不得。其二又說可惜少寫談吃茶喝酒的文章，卻愛講那些顧亭林所謂國家治亂之源，生民根本之計，與文學離得太遠。

這兩派對我的看法迴異，可是看重我的閒適的小文，在這一點上是意見相同的。我的確寫了些閒適文章，但同時也寫正經文章，而這正經文章裡面更多的含有我的思想和意見，在自己更覺得有意義。甲派的朋友認定閒適文章做目標，至於別的文章一概不提，乙派則正相反，他明白看出這兩類文章，卻是賞識閒適的在正經文章之上。

因為各人的愛好不同，原亦言之成理，我不好有甚麼異議，但這一點說明似乎必要。我寫閒適文章，確是吃茶喝酒似的，正經文章則彷彿是饅頭或大米飯。在好些年前我做了一篇小文，說我的心中有兩個鬼，一個是流氓鬼，一個是紳士鬼。這如說得好一點，也可以說叛徒與隱士，但也不必那麼說，所以只說流氓與紳士就好了。

我從民國八年在《每週評論》上寫《祖先崇拜》和《思想革命》兩篇文章以來，意見一直沒有甚麼改變，所主張的是革除三綱主義的倫理以及附屬的舊禮教舊氣節舊風化等等，這種態度當然不能為舊社會的士大夫所容，所以只可自承是流氓的。

《談虎集》上下兩冊中所收自《祖先崇拜》起，以至《永日集》的《閉戶讀書論》止，前後整十年間亂說的真不少，那時北京正在混亂黑暗時期，現在想起來，居然容得這些東西印出來，當局的寬大也總是難得的了。

但是雜文的名譽雖然好，整天罵人雖然可以出氣，久了也會厭足，而且我不主張反攻的，一件事來回的指摘論難，這種細巧工作非我所堪，所以天性不能改變，而興趣則有轉移，有時想寫點閒適的所謂小品，聊以消遣，這便是紳士鬼出頭來的時候了。

話雖如此，這樣的兩個段落也並不分得清，有時是綜錯間隔的，在個人固然有此不同的嗜好，在工作上也可以說是調劑作用，所以要指定那個時期專寫閒適或正經文章，實在是不可能的事。去年寫過一篇《燈下讀書論》，與十七年所寫的《閉戶讀書論》相比，時間相隔十有六年，卻是同樣的正經文章，而在這中間寫了不少零碎文字，性質很不一律，正是一個好例。

民國十四年《雨天的書》序中說：

「我平素最討厭的是道學家，豈知這正因為自己是一個道德家的緣故，我想破壞他們的偽道德不道德的道德，其實卻同時非意識地想建設起自己所信的新的道德來。」

三十三年《苦口甘口》序中又云：

「我一直不相信自己能寫好文章，如或偶有可取，那麼所可取者也當在於思想而不是文章。總之我是不會做所謂純文學的，我寫文章總是有所為，於是不免於積極，這個毛病大約有點近於吸大煙的癮，雖力想戒除而甚不容易，但想戒的心也常是存在的。」

這也可以算作一例，其間則相差有二十個年頭了。我未嘗不知道謙虛是美德，也曾努力想學，但又相信過謙也就是不誠實，所以有時不敢不直說，特別是自己覺得知之為知之的時候，雖然彷彿似乎不謙虛也是沒有法子。

自從《新青年》《每週評論》及《語絲》以來，不斷的有所寫作，我自信這於中國不是沒意義的事，當時有陳獨秀錢玄同魯迅諸人也都盡力於這個方向，現今他們已經去世了，新起來的自當有人，不過我孤陋寡聞不曾知道。

做這種工作並不是圖甚麼名與利，世評的好壞全不足計較，只要他認識得真，就好。我自己相信，我的反禮教思想是集合中外新舊思想而成的東西，是自己誠實的表現，也是對於本國真心的報謝，有如道士或狐所修煉得來的內丹，心想獻出來，人家收受與否那是別一問題，總之在我是最貴重的貢獻了。

至於閒適的小品我未嘗不寫，卻不是我主要的工作，如上文說過，只是為消遣或調劑之用，偶爾涉筆而已。外國的作品，如英吉利法蘭西的隨筆，日本的俳文，以及中國的題跋筆記，平素也稍涉獵，很是愛好，不但愛誦，也想學了做，可是自己知道性情才力都不及，寫不出這種文字，只有偶然撰作一二篇，使得思路筆調變換一下，有如飯後喝一杯濃普洱茶之類而已。

這種文章材料難找，調理不易。其實材料原是遍地皆是，牛溲馬勃只要使用得好，無不是極妙文料，這裡便有作者的才情問題，實做起來沒有空說這樣容易了。我的學問根柢是儒家的，後來又加上些佛教的影響，平常的理想是中庸，佈施度忍辱度的意思也頗喜歡，但是自己所信畢竟是神滅論與民為貴論，這便與詩趣相遠，與先哲疾虛妄的精神合在一起，對於古來道德學問的傳說發生懷疑，這樣雖然對於名物很有興趣，也總是賞鑒裡混有批判，幾篇「草木蟲魚」有的便是這種毛病，有的心想避免而生了別的毛病，即是平板單調。

那種平淡而有情味的小品文我是向來仰慕，至今愛讀，也是極想仿做的，可是如上文所述實力不夠，一直未能寫出一篇滿意的東西來。以此與正經文章相比，那些文章也是同樣寫不好，但是原來不以文章為重，多少總已說得出我的思想來了，在我自己可以聊自滿足的了。

乙派以為閒適的文章更好，希望我多作，未免錯認門面，有如雲南火腿店帶賣普洱茶，他便要求他專開茶棧，雖然原出好意，無奈棧房裡沒有這許多貨色，擺設不起來，此種實情與苦衷亦期望友人予以諒解者也。以店而論，我這店是兩個鬼品開的，而其股份與生意的分配究竟紳士鬼還只居其小部分，所以結果如此，亦正是為事實所限，無可如何也。

我不承認是文士，因為既不能寫純文學的文章，又最厭惡士流，即所謂清流名流者是也。中國的士大夫的遺傳性是言行不一致，所作的事是做八股，吸鴉片，玩小腳，爭權奪利，卻是滿口的禮教氣節，如大花臉說白，不再怕臉紅，振古如斯，於今為烈。人生到此，吾輩真以擺脫士籍，降於墮貧為榮幸矣。我又深自欣幸的是凡所言必由衷，非是自己真實相信以為當然的事理不敢說，而且說了的話也有些努力實行，這個我自己覺得是值得自誇的。

其實這樣的做也只是人之常道，有如人不學狗叫或去咬乾矢橛，算不得甚麼奇事，然而在現今卻不得不當作奇事說，這樣算來我的自誇也就很是可憐的了。我平常自己知道思想知識極是平凡，精神也還健全，不至於發瘋打人或自大稱王，可是近來仔細省察，乃覺得謙遜與自信同時並進，難道真將成為自大狂了麼？假如這樣下去，我很憂慮會使得我墮落。俗語云，無鳥村裡蝙蝠稱王。蝙蝠本何足道，可哀的是無鳥村耳，而蝙蝠乃幸或不幸而生於如是村，悲哉悲哉，蝙蝠如竟代燕雀而處於村之堂屋，則誠為蝙蝠與村的最大不幸矣。

民國三十四年十一月十六日。

周作人作品精選 12

語絲漫談【經典新版】

作者：周作人
發行人：陳曉林
出版所：風雲時代出版股份有限公司
地址：10576台北市民生東路五段178號7樓之3
電話：(02) 2756-0949
傳真：(02) 2765-3799
執行主編：朱墨菲
美術設計：吳宗潔
行銷企劃：林安莉
業務總監：張瑋鳳

初版日期：2021年5月
ISBN：978-986-352-981-1

風雲書網：http://www.eastbooks.com.tw
官方部落格：http://eastbooks.pixnet.net/blog
Facebook：http://www.facebook.com/h7560949
E-mail：h7560949@ms15.hinet.net
劃撥帳號：12043291
戶名：風雲時代出版股份有限公司

風雲發行所：33373桃園市龜山區公西村2鄰復興街304巷96號
電話：(03) 318-1378
傳真：(03) 318-1378
法律顧問：永然法律事務所 李永然律師
北辰著作權事務所 蕭雄淋律師

行政院新聞局局版台業字第3595號 營利事業統一編號22759935

定價：300元

國家圖書館出版品預行編目資料

語絲漫談 / 周作人著. -- 初版. -- 臺北市：風雲時代出版股份有限公司, 2021.03 面； 公分. -- (周作人作品精選；12)

ISBN 978-986-352-981-1

855 110000298